장은진

1976년 광주에서 태어났다.
2002년 《전남일보》 신춘문예와 2004년 《중앙일보》 신인문학상에
당선되며 등단했다. 장편소설 『아무도 편지하지 않다』로
2009년 문학동네작가상을 수상했다. 소설집 『키친 실험실』,
『빈집을 두드리다』, 장편소설 『아무도 편지하지 않다』,
『앨리스의 생활방식』, 『그녀의 집은 어디인가』 등이 있다.

날짜
없음

날짜
없음

오늘의 젊은 작가 14

장은진
장편소설

민음사

차례   날짜 없음   7

작가의 말   262

179

그게 온다고 한다.

178

붉은 우산을 펼쳤다.

우산 너머로 보이는 하늘은, 날씨는, 오랫동안 신고 벗어 놓은 더러운 양말 같았다. 어떻게 보면 오물이나 흙탕물 속을 데굴데굴 구른 양 떼 같기도 했다. 이상기후로 1년째 우중충

한 하늘에서는 멈추지 않고 회색 눈이 쏟아졌고, 그것은 순식간에 모든 걸 훔쳐 갔다. 빛깔, 소음, 형태, 말, 방향, 표정, 냄새, 분주함. 그리고 도시인들을 성가시게 한다고 투덜댔던 도시의 무수한 현상들까지도. 온통 회색이라 어느 쪽이 하늘이고 어디까지가 땅인지, 섞어 놓은 듯 경계는 모호하기만 했다. 그 애매함이 얼마나 심각하던지 하늘과 땅을 몰래 뒤집어 놓아도 아무도 눈치채지 못할 정도였다. 그래서 어느 날부턴가 사람들은 회색빛에 뒤덮인 도시를 '회색시(市)'라 명명했고, 서로서로는 '회색인(人)'이라 부르기에 이르렀다. 잿빛 세계는 얼핏 보면 넘겨도 넘겨도 비슷한 시어로 채워진 실력 없는 시인이 쓴 첫 시집 같았지만 찬찬히 들여다보면 낡고 오래된 흑백 무성영화 같은 모습을 한 채 지루하게 앉아 있었다. 그래서 보고 있으면 하품이 나왔다.

177

하늘에 시커먼 양말과 양 떼들이 생겨나면서부터 지구의 체온은 매일 조금씩 낮아지기 시작했다. 지구는 제자리에 꽁꽁 얼어붙어서 자전하고 공전하는 것마저 멈춘 듯했다. 그래서 겨울이 아닌데도 겨울이 계속됐고, 밤이 아님에도 밤이 줄곧 이어졌다. 온도 유지 장치가 고장난 기계처럼 눈은 녹아야 하는 계절이 왔음에도 자꾸 쌓였다. 컬러 사진 같은 화려한 봄꽃 대신 흑백 사진 같은 축축한 회색 눈만 떨어지고, 떨어지고, 떨어졌다. 누가 봐도 그것은 심심한 색맹의 세계여서, 사람들은 회색 눈으로 저마다의 도시를 맨송하게 관찰해야만 했다.

176

물론, 폭설로 홍설(洪雪)이 진 후 도시는 더 이상 도시라 부를 수도 없게 되었다. 도로에서 차는 사라졌고, 수도관은 얼어 버렸으며, 전기와 통신은 걸핏하면 두절되기 일쑤였다. 신경이 마비된 도시는 유능한 기능들을 하나씩 잃거나 빼앗겼다. 도시는 한때 재밌게 잘 갖고 놀다가 시시해졌다며 미련 없이 내다 버린 거대한 완구와 다를 바 없었다. 사람들은 예외 없이 서로의 안부를 묻거나 상대방의 얼굴을 확인하는 것조차 잊었다. 해와 달, 별, 노을처럼 자연으로 통칭되던 것들을 못 본 지 오래된 사람들은 옆 사람에게 짜증 난 목소리로 자신의 우울한 심정을 호소했다. 도시는 안식일을 지키는 허름한 유대인 마을처럼, 문명 이전으로 되돌아간 것처럼, 멈추거나 닫히거나 거부되었다.

그제야 사람들은 태양이 자유자재로 그려 주던 검은 그림 자의 존재를 눈치채고 그리워하기 시작했다. 그들은 본의 아 니게 자신의 그림자가 점점 희미하게 옅어지다가 완전히 사라 지는 걸 목격해야만 했다. 그것은 실로, 공포스러운 경험이었 다. 누군가는 매일 한 겹씩 그림자의 포를 떠 간다고 느꼈고, 어떤 이는 눈 녹은 물이 섞여 묽어진 거라고도 생각했다. 세 계가 이 지경이 되다 보니 그림자마저 시원찮아진 거라고 말 이다. 그림자가 거의 없어졌을 즈음에는 어둠으로 검게 무장 한 도시 사자(使者)가 발밑에 가위를 집어넣어 싹둑 오려 간 거라고 떠드는 이도 생겨났다. 가만히 귀 기울이면 눈 쌓이는 기척 사이로 바닥에 눌어붙은 그림자를 뜯어내는 듯한 기분 나쁜 소리를 들을 수 있다면서. 급기야 사람들은 회색 눈 때 문에 축축하게 젖어 무거워진 그림자들이 어디 커다란 공장 에 종이나 옷처럼 차곡차곡 접혀 있거나 걸려 있을 거라 상 상하기에 이르렀다. 공장은 그림자를 훼손하려는 게 아니라 바짝 말려 언젠가 도시가 회복되면 돌려줄 생각이라고. 하지 만 그건 순전히 순진한 공상일 뿐이었다.

174

비슷해진 낮과 밤의 농도로 그림자를 도둑맞은 후 사람들의 얼굴은 저마다 해골바가지가 되어 갔다. 태어나면서부터 가지고 나온 해골의 윤곽을 창백하고, 메마르고, 투명해진 피부 뒤로 서서히 드러내기 시작한 것이었다. 윤곽이 분명해질수록 사람들은 모두 똑같은 인상이 되어 갔다. 이름도, 나이도, 성별도, 국적도 따질 필요가 없을 정도로. 그즈음 차이를 발견해 구별하고 차별한다는 건 성가신 일이 되어 있었다. 그 해골은 죽은 후에도 남는 것이니, 사람이란 결국 해골로 태어나 해골이랑 살다 해골을 간직하며 죽는 것이었다. 그것은 단지 삶이라는 얇고 불안한 표피를 덧입고 있었던 것뿐이었다.

173

발을 내딛자 무릎 아래까지 올라온 낡은 가죽 부츠가 뽀드득 소리를 내며 단숨에 회색 눈 속으로 파고들었다. 살을 깨무는 추위 때문에 걸음걸음은 고행이었다. 제시간에 도착하려면 보폭을 빨리해야 했으므로 나는 회색인이 앞서 남겨 놓고 간 발자국에 내 발을 살짝 얹어 봤다. 압축된 발자국을 따라가니 걷기가 훨씬 수월했고, 속도도 제법 좋아졌다. 그는 회색인이 남기고 간 거라면 발자국도 밟아서는 안 된다고 누누이 경고했다. 발자국을 따르다 보면 자신도 모르게 회색인 무리에 섞여 들 수 있어서였다. 내가 그런 적이 있었느냐고 물었을 때 그는 하마터면, 이라고 대답했다. 그러니까 하마터면, 내가 그를 잃을 뻔했던 것이다.

172

내가 서 있는 도로 반대편에는 오늘도 해골을 서늘하게 드러낸 회색인들이 숭고한 순례자처럼 어둠 속을 무리 지어 걷고 있었다. 여느 날과 다른 점이 있다면 발걸음이 눈에 띄게 분주하다는 것이었다. 행렬은 앞뒤로 끝이 안 보일 만큼, 꼬리에 꼬리를 물듯 길게 이어져 있었다. 도시에서 그것의 시작이 어디고 끝나는 지점이 어딘지 아는 사람은 하나도 없었다.

행렬이 시작된 건 세 달 전이었다. 밤이고 낮이고 새벽이고 할 것 없이 행렬이 멈추거나 끊긴 적은 한순간도 없었다. 그들은 모두 집과 생활 도구를 버리고 직장을 관둔 채 간단한 옷가지와 음식물만 챙겨 들고 회색시를 유유히 빠져나갔다. 그것은 불길한 어둠처럼 실체 없는 것으로부터 벗어나려는 기나긴 피난 행렬이었다. 때문에 건물은 텅 비어 갔고, 사람들의 위장은 허기졌다. 개중에는 눈 폭풍과 추위로부터 몸뚱이를 보호하기 위해 두꺼운 담요로 머리끝까지 칭칭 휘두른 회색인들도 있었다. 그 모습은 마치 욕망을 거세해 버린 수도사 같기도 했고, 행렬에 동참하기 위해 깊은 무덤 속에서 방금 깨어난 망자들 같기도 했다. 정체를 들키지 않으려고 뼈만 남은 자리를 헝겊으로 둘러 감추고 행렬로 끼어든 부패한 시체들 말이다. 설사 그렇다 해도 시체와 산 사람을 구별해 낼 사람은 아무도 없었다.

나는 걸음을 멈춘 채 한곳을 향해 고집스럽게 걷고 있는 사람들을 계속 바라봤다. 하나하나의 그들은 거대한 회색 눈송이였고, 어느 누구의 걸음걸이도 튼튼해 보이지 않았다. 하지만 온 세계가 눈 깊숙이 파묻힌 가운데 회색인들이 무수히 지나가고 또 지나간 길바닥만은 납작하게 짓눌려 튼튼해져 있었다. 어쩌나 끈질기게 단단하고 평평한지 그 길만은 나에게도 평온하고 평안해 보였다. 그 길의 끝에서 기다리고 있는 것 또한 그러할 거라 확신해서 사람들이 회색 행렬을 홀린 듯 따라나서는 것 같았다.

내가 아는 대부분의 사람들도 회색인이 되어 도시를 벗어 났다. 엄마와 아빠, 그리고 여동생도 보름 전 짐을 챙겨 행렬 을 따라갔다. 결국 회색인이 되기로 한 것이었다. 그들은 홀쭉 해진 볼을 하고 같이 가겠느냐고 물었지만 나는 이곳에 남겠 다며 고집을 피웠다. 이틀간 돌아가며 나를 설득하던 그들은 결국 내 생각을 받아들여 줬고, 나 또한 그들의 의견을 존중 해 주기로 했다. 그것은 우리가 서로에게 해 줄 수 있는 최선 의 말이자 최후의 행동이었다.

대신 그들은 도착하면 내게 편지를 쓰겠노라 약속했다. 보 나마나 그 편지는 의심 말고 행렬을 따라 자신들이 있는 곳 으로 곧장 오라는 내용일 것이다. 그러나 편지가 집으로 무사 히 배달될 일은 없을 거라고 짐작했다. 회색시에는 소식을 전 해 줄 우체부가 없었다. 대부분의 우체부들 또한 직장을 관두 고 회색 행렬을 따라 도망쳤기 때문이다. 배달부뿐만 아니라 눈에 덮여 주소도 사라져 버린 지 오래였다. 그렇게 다른 것 들도 점점 없어지거나 지워져 갔다. 편지를 배달해 줄 사람이 남아 있지 않아서인지, 주소를 찾지 못해서인지, 아니면 아직 그곳에 도착을 못 한 것인지 2주가 지났는데도 가족으로부터 온 편지는 없었다. 내 짐작대로.

170

나는 더 이상 편지를 기다리지 않기로 했다. 그도 회색인이 되어 버린 사람의 편지라면 기다릴 필요가 없다고 회색시에 닥친 추위보다 더 춥고 냉혹하게 말했다. 게다가 오늘은 사람들과 세계가 이구동성으로 말하는, 그게 온다고 한 날이었다.

169

나는 다시 붉은 우산 너머를 올려다봤다. 하늘은, 날씨는, 아까보다 훨씬 더 얼룩덜룩해져 있었다. 속수무책으로 빠른 변화 속도였다. 구름은 소멸할 줄 모르고 무한 번식과 증식만을 거듭했다. 그래서 구름은 달과 별, 해를 단번에 집어삼켰다. 블랙홀처럼 빨아들이는 것 같기도 했다. 낮고 두껍게 깔린 구름은 팔을 뻗으면 금방이라도 잡힐 듯해서, 발뒤꿈치를 조금만 들어 올려도 손이 푹 담가질 것 같았다. 어둠의 농도는 아침이 아니라 오밤중이라 우겨도 깜빡 속을 정도로 짙어서 사람들은 시간 감각을 조금씩 잃어 갔다. 그렇다면 저 구름의 두께는 어느 정도란 것일까. 인류가 평생 동안 신어 온 양말을 벗어서 걸어 둔다면 가능할까. 아니 사람들은 죽으면

유품으로 더러운 양말만을 남겨 두고 떠났던 것일까. 나중에
는 사람들이 많이 죽어서 하늘이 얼룩덜룩해지는 건지, 하늘
이 얼룩덜룩해져서 많은 사람들이 죽어 나가고 있는 건지 헷
갈리기 시작했다.

168

그때였다. 나도 모르게 귀신에 홀린 듯 우산을 바닥에 질
질 끌며 도로를 건너 회색 무리 속으로 걸어 들어가고 있었
다. 아니 흡수되는 것인가. 나는 이 모든 것이 순전히 늘어진
양말과 양 떼 모양의 구름 때문이라고 생각했다. 땟국 흐르는
구름이 어두워서 압축돼 단단해진 길을 걷고 싶어진 것이다.
잠깐이라도 좋으니 때 묻은 눈밭의 방해를 받지 않고 평온하
고 평안하게 걸어 보고 싶어진 것이다. 무릎을 허리보다 높이
들어 올리지 않고 바닥을 디뎌 본 지가 언젠지 기억이 가물
가물했다. 잠시 함께 걷다 자유 의지로 무리에서 이탈해 다시
내 갈 길을 가면 된다고, 가뿐해진 발걸음만큼이나 가벼이 생
각하며 그쪽으로 조금씩 걸어 나갔다.

생경하지만 바닥은 튼튼하고 미끄러웠다. 미끈거려서 굳이 발을 바닥에서 떼지 않고도 쉽게 걸을 수 있었다. 쉬워서 자꾸 가고 또 가게 되었다. 조금만 더, 조금만 하면서 계속 미끄러지듯 걷다 보니 나중에는 제법 발랄한 속도로 따라붙고 있었다. 가다 보니 이대로라면 엄마 아빠도 곧 볼 수 있겠구나 싶었다. 여동생을 만나면 편지 발신 여부와 매미 울음소리를 확인할 수 있으리라. 회색인들의 병적인 주장대로, 이곳이야 말로 생명을 부지할 수 있는 유일한 길일지도 모르겠다는 생각이 문득, 들었다.

문득 든 생각이 얼음 성처럼 허무하게 부서진 건 바닥의 미끄러움 때문이었다. 압축된 눈은 강철보다 딱딱한 상태여서 무척 아팠다. 넘어지는 순간 옆 사람의 팔을 붙들었는지 나로 인해 수십 명의 사람들이 앞뒤로 도미노처럼 다각다각 순차적으로 쓰러졌다. 장작처럼 말라 있는 데다 버틸 힘조차 없어서 더 쉽게 넘어간 것 같았다.

"행렬을 따라가선 안 돼요!"

쓰러진 순간 그의 목소리가 얼굴에 찬물을 끼얹은 것처럼 들려왔다. 그의 말이 사라지고 나서는 사람들이 나에게 욕하는 소리가 들려왔고, 누군가는 행렬의 질서를 무너뜨렸다는 이유로 내 허벅지와 머리를 아이젠을 신은 발로 인정사정없이 걷어찼다. 보행 보조 장치인 등산 스틱이나 스키 폴, 혹은 나뭇가지를 꺾어 만든 지팡이로 때리기도 했다. 이마가 찢기고 피가 났다. 내가 들고 있던 붉은 우산은 처참하게 망가져 더 이상 못 쓰게 돼 버렸다. 그제야 정신을 차렸고, 더 있다가는 밟혀 죽을 것 같아 무리에서 짐승처럼 기어 나온 뒤 도로를 건너 원래 내가 있던 자리로 돌아왔다.

그곳에는 상상만큼의 평온과 평안은 없었다. 나는 회색인에게 또다시 홀릴까 두려워 앞만 보고 죽도록 뛰었다. 우산이 없어서 무겁고 칙칙한 회색 눈을 고스란히 맞아야 했지만 춥다거나 불결하다는 생각은 들지 않았다. 돌덩이 같은 눈덩이에 발이 걸려 몇 번인가 꼬꾸라졌지만 눈밭이라 그렇게 많이 아프지 않았다. 넘어졌다고 욕하거나 때리는 사람도 없었다. 조용했다. 나뿐이라 이쪽은 잠잠했다.

하지만 조용하고 잠잠한 시간은 그리 오래가지 못했다. 내가 마지막으로 한 번 더 눈밭으로 꼬꾸라졌을 때 5미터쯤 앞에서 무언가가 픽, 하고 떨어지는 소리가 들려왔다. 아침인데도 암흑에 가까워 무슨 일이 벌어지고 있는지 잘 보이지 않았다. 제 무게를 못 이기고 승복한 눈덩이인가. 그러길 바라며 나는 차디찬 눈밭을 짚고 일어나 소리가 난 쪽으로 다가갔다.

젊은 부부인지 연인인지 알 수 없는 남녀가 눈밭에 피를 흘리며 비통한 자세로 너부러져 있었다. 눈을 헤치고 목에 손을 갖다 대 보니 이미 두 사람 다 즉사한 상태였다. 해골만 남은 몸뚱이에서 나올 피가 어디 있다고 철철 흐르는가. 그것은 팥빙수 위에 뿌려 먹는 달달한 딸기 시럽처럼 회색 눈 속으로 파고들고 있었다. 눈 위로 조용히 퍼지는 피는 자극적일 만큼 선명했다. 흑백영화 속에서 느닷없이 빨간 드레스를 입거나 립스틱을 바른 여자가 튀어나온 것 같은 느낌이었다. 문득, 눈이 빨간색이었다면 피 따위는 눈에 띄지도 않았을 거란 생각이 들었다. 피를 적나라하게, 길을 걷다 불쑥불쑥 접하게 되는 사람들 중에는 1년 전에 내린 빨간 눈이 차라리 그립다고 말하는 자들도 있었다. 그때는 눈 위로 떨어져 죽는 이가 아무도 없었다. 사람들은 감히 목숨을 버릴 생각을 하지 않았고, 그때의 빨간 눈은 우리에게 그저 불길하고도 끔찍한 피자체일 뿐이었다. 당시만 해도 죽음은, 다른 방식으로 특별한 사람들에게만 따로 존재하는 드문 현상이었다.

남녀는 고층 빌딩 옥상에서 손을 잡고 동시에 뛰어내린 것 같았다. 꽉 잡고 있던 손은 바닥에 닿는 순간 충격을 받고 풀어져서 제멋대로 사방으로 꺾여 있었다. 나는 두 사람이 다시 손을 잡을 수 있도록 도와주고 싶어졌다. 부러지고 비틀린 팔들을 수습해 이어 주는 건 내게 쉬운 일이자 잘하는 일이었다.

164

회색시에서 시체를 만나는 건 더 이상 끔찍한 일도 특별한 사건도 아니었다. 레지던트 의사였던 내겐 더욱 흔하고 대수롭지 않은 일이었다. 진짜 두려운 건 사람을 죽음으로 떠미는 불안이라는 투명한 손이었다. 무형의 그것은 사람들을 스스로 죽음에 이르게 했다. 초조한 기다림에 지쳐 자기가 자기 몸을 파괴하도록 유인하고 유도했다. 끝보다 먼저 끝장나도록 홍시처럼 물러진 심장을 조종하거나 스스로 목을 조르라고 지시했다. 심약한 사람들은 악마의 명령에 착실하

게 복종했고 그것은 지긋지긋한 회색 눈을 지켜보며 사는 것
보다 나은 선택이었다. 종종 죽기 위해 높은 곳에서 뛰어 내
렸음에도 바닥에 두텁게 쌓인 회색 눈이 완충 작용을 해 줘
서 목숨을 건지게 되는 경우가 더러 있었다. 그렇게 다시 살
게 된 대부분의 사람들은 안도하기보다 더욱더 극렬해진 고
통과 공포 속으로 빠져들어야만 했다. 저주처럼, 어떤 사람에
게 회색 눈은 죽는 것조차 마음대로 하도록 내버려 두지 않
았다.

163

저주를 피해 원하는 것을 얻어 낸 그들의 불행은 이제 끝
났다. 나는 달리다 말고 잠시 뒤돌아 손을 잡고 누워 있는 연
인을 쳐다봤다. 그들이 벗어 놓고 간 두 켤레의 양말과 푸른
들판에서 기르던 두 마리의 양이 지금쯤 하늘 어딘가에 걸려
있을 것만 같았다. 하지만 적어도 그들은 무섭거나 외롭지는
않았을 것이다. 마지막 순간까지 둘이었기에. 손을 잡고 있었
고, 한날한시였기에.

회색 눈은 금세 시신의 존재를 지우고 있었다. 몇 분 뒤면
아무도 저 자리에 그들이 있었는지조차 모르게 될 것이다. 회

색시에는 많은 시신이 눈 속에 그대로 파묻혀 있었다. 부패하지 않아 시취도 나지 않았다. 설사 난다 해도 냄새마저 눈이 얼려 버리고 덮어 버렸다. 그렇게 회색 눈은 아름다운 건 물론이고 추한 것도 동시에 없애고 가려 버렸다. 혹독한 겨울이라 좋은 건 그거 하나였다.

162

나는 그들을 빌딩 옥상에서 떠민 형체 없는 손바닥이 내 등을 만지러 쫓아올까 봐, 이번에는 내 차례가 될까 봐 눈밭을 가르며 다시 뛰기 시작했다. 퍽퍽, 하고 뒤에서 또다시 무언가가 떨어지는 소리가 연달아 두 번이나 들렸지만 돌아보지 않았다. 뒤돌아보면 그대로 얼음 기둥이 되어 다시는 앞으로 달려 나갈 수 없을 것이기에. 그러면 영원히 그를 만날 수 없게 된다. 뒤에 남은 사람은 굳이 내가 아니어도 회색 눈이 알아서, 조용하고 말끔하게 장례를 치러 줄 것이다. 그건 회색 시에서 회색 눈이 유일하게 잘하고 있는 짓이었다. 대견하다고 칭찬받을 만한 일이었다.

161

그게 온다고 한다.

그 말이 정말 현실로 닥쳐올 것인가. 지금 이 순간 나는 간곡히 그 문장을 의심하고 싶어졌다. 아니, 부정하고 싶은 것일까. 만약 그게 사실이라면 그것은 어떤 악마의 얼굴을 하고 찾아올까. 전쟁처럼 올까, 전염병처럼 올까. 혹시 우리가 알아보지 못하는 얼굴로 벌써 오래전부터 우리 곁에 앉아 있었던 건 아닐까.

160

30여 분을 앞만 보고 달린 끝에 저기, 기차 한 량을 닮은 길쭉한 컨테이너 박스가 희미하게 보였다. 너무 추운 데다 온몸이 꽁꽁 얼어붙어서 마치 꿈을 꾸고 있는 것만 같았다. 컨테이너 박스는 끊겨 버린 철도 위에 오도 가도 못한 채 멈춰 있는 기차처럼 속절없이 서 있었다. 나는 가죽 장갑 낀 손으로 양 눈을 번갈아 가며 세게 비볐다. 입구로 들어서는 10미터 부근부터 회색 눈이 가르마처럼 양쪽으로 빗겨져 있는 게 보였고, 조그맣게 뚫린 창문으로는 내가 좋아하는 군고구마

속살을 닮은 샛노란 전깃불이 가냘프지만 분명하게 새어 나오고 있었다. 그걸 확인하고 나서야 꿈이 아니란 걸 알아차렸다. 진짜 군고구마가 구수한 냄새를 풍기며 나를 위해 노릇노릇 익어 가고 있을지도 모를 일이었다. 나는 거친 숨을 고르며 눈이 치워진 아스팔트를 안내받듯 뚜벅뚜벅 걸어 컨테이너 박스 문을 열고 들어갔다.

159

그러나 안에는 약한 훈기만 떠돌 뿐 그와 반(牛)은 없었다. 만져 보니 난로 속 장작불이 꺼진 지는 꽤 오래된 것 같았다. 군고구마도 있을 리 만무했다. 잘 견뎠지만 그도 결국 발자국에 홀리고 만 것이다. 하마터면 따라갈 뻔한 적이 있었다고 하더니 이번에는 진짜로 따라간 것이다. 많은 사람들이 그렇게 눈 속으로 혹은 눈 너머로 사라져 갔다.

막막한 현실을 깨닫고 나자 갑자기 숨쉬기가 어려워졌다. 그게 온다는데, 괴물의 얼굴을 혼자서 마주할 수 있을까. 나는 주머니에서 약통을 꺼내 손바닥에 자낙스 세 알을 쏟은 뒤 물도 없이 입으로 털어 넣었다. 하필 그때 백열등이 깜빡이다 나가 버렸고, 세찬 바람이 창문을 고약하게 한번 꼬집으며 지나갔다. 나는 한꺼번에 닥쳐온 여러 가닥의 불행을 어떻게 수습해야 할지 캄캄해서 그 자리에 털썩 주저앉고 말았다. 근원을 알 수 없는 어둠이 물에 젖은 차디찬 이불처럼 어깨를 덮쳤다. 혼자가 돼 버린 나를 폭압적으로.

158

난로의 잔열과 과다 복용한 약에 취해 나도 모른 사이 웅크린 채 잠이 들어 버린 모양이었다. 깨어 보니 몸에 축축하게 달라붙어 있던 회색 눈은 어느새 말라 있었다. 잠에 빠진 동안 정전이 끝났는지 백열등은 다시 둥그런 빛을 몽롱하게 쏟아 내고 있었다. 마침 그때 누군가 문을 열고 불쑥 들어왔다. 너무 춥고 떨려서 꿈을 꾸고 있는 것만 같아 눈을 깊게 감았다 떴다. 그 때문에 시야가 흐려지고 말았지만 행렬에서 낙오되어 먹을 걸 찾아 들어온 회색인이란 건 짐작할 수 있었다. 침입자인 것이다. 나는 조금 뒤로 물러앉았다. 무리에서 낙오되거나 이탈한 회색인은 무례하고 위험하고 난폭하다는 소문이 있었다. 꼭 회색인이 아니더라도 사람들은 점점 야만적으로 변해 가고 있었다. 나는 나를 지킬 수 있을 만한 걸 찾아 주변을 재빠르게 살폈다. 책상 위 대나무 통에 가죽을 재단할 때 쓰는 갖가지 칼과 가위 들이 뾰족하게 꽂혀 있었다.

157

칼을 향해 손을 뻗는 나보다 먼저, 잽싸고 묵직한 것이 덤벼들어 나를 제압했다. 허기진 나는 힘 한번 제대로 쓰지 못한 채 무참히 뒤로 무너졌고, 회색인의 말라비틀어진 혀가 허덕이며 내 목덜미와 얼굴을 마구잡이로 빨아 대기 시작했다. 희롱은 불쾌하고 불결했다. 그보다 불행하다는 생각이 우선 들었다. 회색인도 허기진 상태인지 내 살점을 뜯어 먹기라도 할 기세로 짓누르고 있었다. 나는 팔뚝으로 얼굴과 가슴을 지키며 당장 떨어지지 않으면 죽여 버리겠다고 발버둥 쳤다. 처연한 협박이 효과가 있었던 걸까. 갑자기 숨 막힐 정도의 정적이 감돌았다. 나는 눈을 똑바로 뜨고 회색인을 잡아죽일 듯한 눈초리로 노려봤다. 서로의 눈동자가 마주쳤고, 마주한 그 눈이 양옆으로 가늘게 늘어지더니 말했다.

"걱정 하나는 줄었군요."

그 말을 마침과 동시에 회색인이 점퍼에 연결된 모자를 벗었고, 아나콘다를 두른 듯 목에 칭칭 휘감고 있던 긴 목도리도 풀어헤쳤다. 모자와 목도리에 차곡차곡 겹쳐 있던 회색 눈이 바닥으로 뭉텅 떨어져 사라졌다. 눈썹을 찌푸리고 똑바로 쳐다보니 회색인은 회색인이 아니라 행렬을 따라갔을 거라고 속단했던 그였다. 그와 반이었다. 반은 내 옆에서 안쓰러울 정도로 가쁘게 숨을 몰아쉬면서도 반갑다는 듯 제 딴에는 최선을 다해 꼬리를 흔들어 대고 있었다. 반이 한차례 몸을 부르르 털자 소름 돋으리만치 차가운 물기가 내 얼굴로 날아왔다. 몽몽하던 정신이 화들짝 개어서 맑아졌다. 나는 반의 목덜미를 재빨리 끌어안았다. 그러자 반이 이제는 허락받았다는 듯 나를 다시 아무렇게나 핥기 시작했다. 얼굴은 끈적끈적한 침으로 범벅이 됐고, 아이스크림이 혀에 감기듯 금방 따뜻해졌다.

"아침부터 어디를 갔다 온 거예요?"

나는 반의 머리를 만지작거리며 퉁명스런 목소리로 물었다.

"땔감이랑 먹을 것 좀 구하려고요."

"반은 두고 가도 됐잖아요."

"외출하고 싶다고 하도 보채서요."

"밖은 춥고 위험해요. 게다가 몸도 안 좋은데."

"마지막이 될지도 모르잖아요."

그 말에 나는 주검처럼 침묵했다.

"힘들 텐데도 오랜만의 외출이라 그런지 제법 잘 걷더라고요. 저 녀석 원래, 눈 좋아하잖아요."

내 얼굴을 핥을 때와 달리 지친 기색이 역력해 보이는 반을 그가 애처로운 눈으로 쳐다봤다. 나를 반하게 만들었던 그때의 그 눈빛이었다.

154

내가 축축한 반의 털을 수건으로 닦아 주는 사이 그는 불을 살폈다. 그가 난로 속으로 땔감을 넣은 뒤 미국 유명 작가의 소설을 찢어 불쏘시개로 썼다. 걸작이라 그런지 불은 장작으로 금방 옮겨 붙었다. 그러고는 배낭에서 고구마를 꺼내 은박지에 한 알씩 쌌다. 손놀림은 그답게 차분하고 꼼꼼했다. 꼬깃꼬깃하고 탁한 은박지는 전에 다른 용도로 사용한 것들이었다.

"나 고구마 먹고 싶은 거 어떻게 알았어요?"

고인 침을 삼키며 내가 물었다.

"좋아하잖아요."

"마지막이 될지도 몰라서요?"

내 말에 그는 죽음처럼 침묵했다. 그러나 그 또한 대답이라할 수 있었다.

"어디서 구했어요?"

"사거리 마트 창고를 뒤졌더니 간신히 몇 개 나왔어요."

"이번에도 그냥 가져왔어요?"

"본의 아니게요. 돈을 주고 싶었는데 받아 주는 계산원이없더라고요."

나는 알고 있었다. 계산원도 없지만 줄 돈도 없다는 것을.

"나도 집에서 나오는 길에 슈퍼 털었는데."

"정말요?"

"평소 소비자가격 그대로 받아서 얄미웠거든요. 외상도 안해 주는 데다 불친절하고."

나는 그가 무안해하지 않도록 그와 똑같은 짓을 방금 하고 왔다는 투로 말했다. 실은 사재기로 악착같이 '생활'과 '생계'를 지켜 내려 노력 중인 집 앞 구멍가게에서 소비자가격

두 배의 돈을 지불하고 물건을 사 놓고는. 그것도 물물교환으로 회귀한 시대에.

"뭘 가져왔어요?"

그가 궁금한 듯 물었다.

"그냥 닥치는 대로 이것저것 몽땅 쓸어 왔어요. 한번 볼래요?"

배낭을 열어 가져온 물건을 자랑스럽게 보여 주려는데 그가 아니요, 라고 말하며 고개를 저었다. 대신 그는 다른 궁금한 걸 천천히 끊어서 물어 왔다.

"부탁한 건, 구해, 왔어요?"

그가 일부러 나를 보지 않고 묻고 있다는 걸 알 수 있었다. 나 또한 그를 쳐다보지 않고 질문에 고개만 가만히 끄덕였다.

153

컨테이너 박스 안이 조금씩 따뜻해지기 시작했다. 얼어붙은 사방의 철벽들이 녹고 있다는 뜻이었다. 반은 오랜만의 외출이 고단했는지 두꺼운 밍크 담요 위에 배를 깔고 잠이 들었다. 숨소리는 거칠었지만 표정은 그런대로 평온해 보였다.

"오는 길에 죽은 사람들을 봤어요."

고요하게 잠든 반의 얼굴을 들여다보며 내가 말했다. 무슨 소리가 날 때마다 반의 예민한 귀가 한 번씩 솟구치다, 꺼졌다. 우리가 하는 얘기를 자면서도 엿듣는 모양이었다.

"흔한 일이잖아요."

그가 은박지 입힌 고구마를 난로 속으로 하나씩 집어넣으며 대수롭지 않게 대답했다. 그답지 않았다. 하지만 충분히 이해할 수는 있었다. 변하지 않으면 살 수 없었고, 살아가려면 환경에 맞게 달라지고 적응해야 했다. 잔인하면 잔인하게, 지독하면 지독하게. 아니, 어쩌면 그는 변한 게 아니라 그저 수긍하려 노력하는 것인지도 몰랐다.

"바로 눈앞에서 떨어져 죽는 걸 처음으로 목격했어요."

"그랬군요."

"연인 같았어요."

"무서웠어요?"

"네."

"해인 씨는 의사잖아요."

"시체가 무서웠다는 게 아니에요."

"그럼요?"

"나도 똑같은 결단을 내리게 될까 봐요."

"그럴 땐 가장 좋아하는 걸 생각해요."

"뭘요?"

"옆에 있거나 가깝게 있는 것들요."

"예를 들면요?"

"나와 반. 그리고."

"그리고요?"

그가 젓가락으로 뜨거운 난로 속을 뒤지며 말했다.

"고구마요."

젓가락 끝에는 둥근 덩어리가 검게 꽂혀 있었다.

152

그가 잘 익은 고구마 네 알을 쟁반에 담아 내왔다. 새까매진 은박지를 뜯고 그중 제일 큼직한 걸 골라 그가 반으로 구수하게 갈랐다. 깨끗한 김이 나고, 따뜻한 색감의 노란 문이 활짝 열리자 저절로 침이 고였다. 침 넘어가는 소리가 생각보다 크게 나서 창피했다. 그가 좀 더 큰 반쪽을 건네며 내 얼굴을 뚫으지게 쳐다봤다. 내가 팔을 뻗으려 하자 그가 고구마를 들고 있던 손을 자기 쪽으로 당겨 버렸다. 이 와중에 장난치는 것인가, 싶었는데 그의 심각해진 얼굴을 보니 장난은 아닌 것 같았다. 그의 미간에 두 개의 짙은 주름이 잡혀 있었다. 화가 났다는 의미였다.

"오른쪽 이마, 그 상처는 뭐예요?"

내 딴에는 안 보이게 한다고 애를 썼는데도 들켜 버리고 말았다. 그가 이마를 가리고 있던 내 머리카락을 마저 옆으로 쓸어 넘겼다. 손길이 다소 거칠었다.

"괜찮아요. 하나도 안 아파요."

"피가 고였는데도 안 아프다고요? 어쩌다 그랬어요?"

"……"

"말해요."

"……"

"어서요."

그가 속상한 표정을 하고 있어서 말하지 않을 수 없었다.

"발자국을 따라가다……"

"뭐요?"

"그냥 호기심에 나도 모르게 그랬어요."

"내가 누누이 말했죠. 발자국은 밟아서도 건드려서도 안 된다고요. 눈을 맞춰서도 안 된다고요."

"아무 일 없이 돌아왔잖아요."

"없긴 뭐가 없어요? 다쳤잖아요."

"죽는 사람들도 있어요."

"그러다 죽는 거예요."

"어차피 다……"

"아직은 아니잖아요."

그가 고구마를 쟁반에 사납게 던져 놓고 자리에서 벌떡 일어났다. 그토록 무섭게 화내는 모습은 처음이었다.

151

그가 팔을 뻗어 간이 장식장에서 급하게 꺼내 온 것은 중앙에 빨간색으로 십자 표시가 되어 있는 구급상자였다. 한 번도 쓴 적이 없었는지 상자가 하얘서 십자 표시가 유난히 자극적으로 보였다. 빌딩 옥상에서 뛰어내린 연인이 눈 위에 쏟은 피만큼이나 붉고 진하게.

"내일 할래요."

그가 탈지면에 소독약을 묻혀 이마에 갖다 대려 하자 얼굴을 반대쪽으로 틀어 버렸다. 소독약 한 방울이 바닥으로 뚝, 떨어졌다. 지지 않겠다는 듯 그도 턱을 억지로 틀어 올려 핀셋으로 상처 부위를 퉁명스럽게 두드렸다. 악력 때문에 보지 않으려 해도 그의 얼굴이 똑바로 보였다. 가만 보니 피부는 푸석하고 얼굴 또한 많이 야위어 있었다. 해골의 윤곽이 그에게도 닥친 것이었다. 내 얼굴도 그와 닮아 있겠지.

"이 정도 상처는 내일 치료해도 안 늦어요. 상처도 아니어서 치료 안 해도 상관없다고요. 난 의사예요."

소독약이 너무 찬 데다 상처 부위가 쓰라려서 나도 모르게 목소리가 커졌다. 게다가 소독약을 너무 많이 묻혀서 뺨을 타고 줄줄 흘러내리기까지 했다.

"오늘은 오늘 할 거 하고, 내일은 내일 할 거 하면 되잖아요."

그가 툴툴거리듯 말했다.

"……"

"해인 씨 유능한 의사인 건 알지만 중이 제 머리 깎는 거 봤어요? 별거 아닌 상처라도 이런 건 남이 해 줘야 하는 거예요. 자기가 하면 무서워서 제대로 못한다고요."

"그래서 함부로 다루는 거구나. 자기 상처 아니라고."

"아파요?"

"엄청요."

"그 정도로 아프면서 내일 하자고 한 거예요?"

"그런 의미가 아니잖아요."

"누가 그걸 몰라요?"

그가 소독을 끝내고, 관자놀이와 뺨으로 흘러내린 약물을 손등으로 닦아 준 뒤 밴드를 붙여 줬다. 역시나 손길은 좀 거칠었다. 그런데 이상한 건 다치길 잘했다며, 아까부터 심장이 내내 두근대고 있다는 것이었다. 부르르 떨다 익어 버렸을지도 모를 내 심장. 설렘이었다. 계속돼도 상관없을. 아니 계속되 길 바라게 만드는 감정.

"발자국은 왜 따라간 거예요?"

미간의 주름을 그대로 둔 채, 그는 밴드가 잘 붙여졌는지 확인하기 위해 내 이마에 자기 얼굴을 바짝 갖다 대며 물었 다. 숨소리가 들릴 정도로 가까워서 그가 뭐라고 했는지 잠시 잊어버렸다. 그러자 그가 다시 물었다.

"네?"

"말했잖아요. 호기심 때문이었다고."

"두려워서가 아니고요?"

"……"

나는 그의 눈을 똑바로 쳐다봤다. 눈동자가 조금 흔들렸 다. 그의 말대로 난 호기심 때문이 아니라 두려웠던 것일까.

"하마터면 따라갈 뻔했다는 거네요."

그가 구급상자를 정리하며 말했다.

"네. 하마터면요."

"하마터면 못 만날 뻔했다는 거네요."

"네. 하마터면."

"우리는 끝까지 따라가지 말아요."

구급상자 정리를 끝낸 그가 고구마 반쪽을 건네주며 단호 하게 말했다. 나는 대답 대신 껍질도 벗기지 않은 고구마를

덥석 베어 먹었다. 겉은 쭈글쭈글했지만 살은 아늑하도록 맛
있었다. 고작 고구마 반쪽에 발자국을 따라가지 않은 게 참으
로 다행이란 생각이 들었다. 그도 주름을 서서히 펴고 고구마
를 먹었다. 두 갈래의 먹는 소리에 반이 잠에서 깨어났다.

150

그게 온다고 한다.

그 현상을 처음으로 알아낸 사람은 누구고, 그 말을 최초
에 한 사람은 누구며, 제일 먼저 퍼뜨린 사람은 또 누굴까. 나
는 갑자기 그게 궁금해졌다. 무수한 시작들과 시작들의 시작
에 대해서. 그리고 그 시작들의 종말에 대해서도.

149

그가 회색 도화지 같은 창문을 소맷부리로 문지른 뒤 거대
한 양말과 양 떼 세탁소 같은 하늘을 올려다보고 있었다. 그
아래로 썰매 두 대가 연이어 지나가고 있었다. 불안하고 심각
한 그의 표정이 마음에 걸려 하늘 어딘가에 동작 버튼이 달

려 있다면 꾹 눌러 주고 싶었다. 버튼을 누르면 통이 세차게 돌아가고, 깨끗한 물속으로 알록달록한 세제 입자가 섞여 나와 하얗게 빨아 줄 것만 같았다. 그러면 더 이상 눈은 내리지 않을 것이고, 사람들은 그림자와 재회할 것이며, 회색인들은 다시 제자리로 돌아와 살림을 꾸려 나갈 것이다. 부모님과 여동생도.

하지만 저 세탁소는 양말과 양 떼를 빨 의사가 조금도 없어 보였다. 그러므로 시커먼 하늘은 세탁소가 아니라 양말과 양털을 버리는 쓰레기장이라 불러야 할 것이다. 아니면 양말과 양털 모으는 데만 급급한 고집불통 수집가거나. 나는 저 냄새나는 쓰레기 수집가로부터 내 양말과 양 떼를 지켜 내고 싶었다. 그와 반의 것도.

148

하늘이 처음부터 저렇게 시커멓던 건 아니었다. 물론 처음부터 회색 눈이 내렸던 것도 아니었다. 그게 온다는 징조는 회색이 아니라 빨간색으로 시작되고 있었다. 갑자기 대낮 도심 하늘에서 가랑비가 내린 것이었다. 그것도 빨간빛을 머금은 가랑비가. 빨간 비라니. 사람들은 자신의 눈을 의심하며 손바닥에 비를 받아 자기 옷에 문질러 보았다. 그러자 자기 몸 어딘가에서 피가 배어 나온 듯 옷은 순식간에 빨간빛으로 물들었다. 그것은 핏물이라 우겨도 속을 만했다. 진짜 피인지 확인하기 위해 어떤 사람들은 허공을 향해 입을 벌려 맛을 보기도 했다. 그때까지도 사람들은 가랑비를 가볍거나 대수롭지 않은 장난쯤으로 치부하고 넘기려 했다. 누군가 주목을 받고 싶어서, 혹은 타락한 도시를 자기만의 방식으로 혼내주려고, 아니면 사이비 종교 단체에서 신도를 끌어들일 목적으로 돼지 피를 탄 물을 상공에 은밀히 살포한 거라고.

그러나 장난으로 가볍게 여기기엔 가랑비는 이상하게 계속되고 있었다. 게다가 빗줄기는 점점 굵어졌고 색깔도 진해졌다. 사람들은 하던 일을 손에서 놓고 놀란 토끼눈으로 하늘만 올려다봤다. 구름도 노을진 것처럼 새빨개져 있었다. 사람들은 구름이 빨간색이라 빨간 비가 내리는 거라고 생각했다. 그러니 구름이 하얘지면 빗방울도 예전처럼 투명해질 거라 믿었다. 하지만 날짜가 지나고 달이 바뀌어도 구름은 여전히 빨갰고 빗줄기도 그러했다.

간헐적이지만 빨간 비는 두 달 동안 계속 이어졌다. 도시 곳곳 빌딩에서는 피눈물 흘리듯 빨간 물이 외벽과 유리창을 타고 흘러내렸고, 강과 호수도 석류를 갈아 넣고 저은 것처럼 빨간색으로 변해 갔다. 두 달이 지나고 나서는 기온마저 급격하게 떨어졌다. 빨간비는 꽁꽁 얼더니 빨간 결정이 되어 흩날리기 시작했고, 도시는 온통 빨간색으로 뒤덮였다. 마치 가을이 되어 도시 자체가 단풍이라도 든 듯. 빨간 페인트 통에 담갔다 건진 것 같기도 했다. 공기가 워낙 차서 빨간 눈은 녹지 않고 켜켜이 쌓여만 갔다. 어디 한군데 얼지 않은 도시는 없었고, 어느 한 곳 춥지 않은 집은 없었다. 세상은 딸기맛으로 제조한 거대한 아이스크림 케이크의 모습을 하고 있었지만 아름답지도 달콤하지도 않았다. 뿐만 아니라 고약한 날씨는 사람들의 눈을 피곤에 젖게 했고, 정신을 쇠약하게 어지럽혔으며, 이유 없이 서로 싸우고 등지게 만들었다. 그 때문에 진짜 미쳐 버렸다고 한 사람도 있었다. 빨간 빛깔은 낮의 도시에는 어울리지 않았다.

147

"회색인이 도로까지 길을 넓혔어요."

창가에 서서 바깥을 내다보고 있던 그가 불안한 목소리로 말했다. 나는 자리에서 일어나 창문으로 달려갔다. 정말이었다. 나는 그의 팔을 꽉 붙잡았다. 회색인들은 눈으로 막혀 있던 차도를 미끄럽고 납작한 인도로 바꿔 놓고 있었다. 도로마저 장악한 것이었다. 행렬을 따라나선 회색인이 몇 시간 사이에 두 배로 불어났다는 뜻이기도 했다. 행렬의 진군 속도 또한 아까보다 빨라져 있었다. 그만큼 낙오자도 속출했다. 그게 온다고 한 날이 오늘이라 했기 때문에 그들에게 시간은 촉박했다. 사람들은 쓰러진 낙오자들을 징검다리처럼 무참히 짓밟고 지나갔다. 부축하거나 일으켜 세우려는 시도 따위는 아예 존재하지 않았다. 그건 거추장스런 헌신이자 시간 사치였다. 그리하여 낙오자들은 그대로 눈 속에 갇혀 얼어 죽었고, 회색 눈은 죽음의 흔적을 지우느라 바빴다. 그 바쁨을 돕기 위해 구름은 더 부지런히 회색 눈을 만들어 냈다.

다시, 폭설이었다.

146

폭설과 어둠 때문에 창문을 아무리 내다봐도 밖의 사정을 정확하게 살필 수는 없었다. 그러나 보이지 않는다고 밖의 상황이 어떻게 돌아가고 있는지 모르지는 않았다. 보이지 않아 더 초조하고, 조바심 나고, 불안했다. 상상은 현실보다 늘 끔찍했다. 상상이 잔인할수록 무리 없이 현실을 받아들여 견딜 수 있어서였다. 갑작스런 재난이나 위험이 닥칠 때마다 사람들이 위기를 극복하며 살아갈 수 있었던 건 희망 따위가 아니라 상상이란 끔찍한 능력을 갖고 있어서인지도 몰랐다.

표정을 보니 그도 지금 나만큼이나 잔인한 상상을 하고 있는 것 같았다. 그는 불을 꺼뜨리면 큰일이라도 날 것처럼 난로 옆에 딱 붙어 앉아 장작만 넣고 있었다. 불이 꺼지면 환상도 사라질까 봐 동이 날 때까지 성냥을 켰던 성냥팔이 소녀처럼 불꽃을 지키려 애쓰는 모습이었다. 덕분에 컨테이너 박스 안은 따뜻하고 따뜻해서, 나중에는 좀 나른한 기운까지 더해졌다. 그러자 이 안이 전쟁통 같은 바깥 상황과 분리되어 딴 세계처럼 느껴졌다. 세상에 남은 건 이곳과 우리뿐인 것 같았다.

145

딴 세계처럼 느껴지게 한 건 달궈진 난로뿐만 아니라 그림자 때문이기도 했다. 컨테이너 박스 안에는 그림자가 있었다. 천장에 매달려 있는 주먹만 한 백열등 때문이었다. 백열등이 빚어 내는 그림자는 결코 변하거나 달라지는 법이 없었다. 길이며 명암이며 모든 것이 한결같았다. 한결같아서 멍청하고 재미없어 보였고, 재미가 없어서 유심히 쳐다보지도 않게 되었다. 인공 빛이 만든 인공 그림자이기에 그것이 주는 안정감도 어딘지 인공적인 데가 있었다. 인공적이어서 애정을 그리 오래 주게 되지도 않았다. 그림자가 있어서 안정되는 게 아니라 그림자가 있다는 게 오히려 이상하게 느껴질 정도였다. 그러나 지금은 그 이상함 때문에 컨테이너 박스만은 막강한 침입에도 끄떡없을 것 같았다. 어떤 강한 바람과 추위도 천장을 뚫거나 벽을 허물지 못할 것 같았고, 여기라면 달라지는 것 없이 내일이 있을 것 같았다. 그리고 그와 반이 함께 있는 여기만은 무엇으로부터 어떻게든 보호받을 것 같았다.

144

내가 손가락으로 그림자 놀이를 하고 있는 걸 본 그가 난롯불을 지켜보며 그림자에 대한 얘기를, 옛날 얘기하는 데 소질 있는 할머니처럼 조근한 목소리로 해 주었다. 그는 그림자를 잃어버린 소설 속 한 사내의 사연을 들려준 뒤, 그림자는 육체의 증거이자 영혼의 외적 현시라는 난해한 말을 이어서 했다. 흡혈귀에게는 그림자가 없다는 도시 괴담 같은 으스스한 이야기도 했다. 그중 가장 맘에 드는 건 서양 회화의 시초가 그림자에서 비롯됐다는 얘기였다. 그리스 코린트에 한 도공의 딸이 살고 있었는데 전쟁터에 나갈 애인과의 이별이 안

타까워 램프 불빛에 생겨난 애인의 옆모습을 동굴 벽에 그려 놓은 게 그림의 시작이 됐다는 서사였다. 듣고 보니 '그림'의 어원이 '그림자'가 아닐까, 라는 생각이 들었다.

"그 남자는 어떻게 됐어요?"

내가 진지한 얼굴을 하고 물었다.

"궁금해요?"

나는 말없이 고개를 끄덕였다.

"어떻게 됐을까요?"

"글쎄요."

"어떻게 됐을 것 같아요?"

"모르겠어요."

"맞춰 봐요."

그가 자꾸 그런 식으로 꾸물대자 나중에는 좀 화가 나려고 했다.

"장난치지 말고 빨리 말해 줘요."

그때 누군가 컨테이너 박스 문을 무례할 정도로 야단스럽게 두드려 댔다. 무리에서 이탈한 회색인인가. 밖의 누군가는 쏟아지는 눈만큼이나 다급해 보였다. 그와 나는 하던 말이 뭐였는지 까먹은 채 커다래진 눈으로 한동안 서로의 얼굴만 쳐다봤고, 모처럼 옆으로 누워 곤히 자고 있던 반도 놀라서 고개를 번쩍 들어올렸다.

143

그는 어느 때보다 신중을 기해 문을 열었다. 단번에 열지 않고 한 뼘만 열어 방문객의 정체를 확인한 뒤 나머지를 마저 열었다. 그가 문을 활짝 열어젖히자 오뚜기처럼 동그랗게 생긴 사람이 나타났다. 그와 나는 동시에, 티나지 않게, 속으로 안도의 한숨을 내쉬었다. 요 앞 세 평짜리 가게에서 분식 장사를 하는 또와 아주머니였다. 올록볼록한 점퍼 위에 앞치마를 두르고 뽀글이 파마를 한 아주머니는 문이 열리자마자 난폭한 침입자처럼 쳐들어와 발을 동동 구르며 난롯불에 손을 쬈다. 매일 밤, 장사하고 남은 음식들을 해치워서인지 아주머니한테서는 아직까지 해골의 윤곽이 비치지 않고 있었다. 그 모습이 하도 낯설어 왠지 불온하기까지 했다.

142

그가 식수용으로 정제해 놓은 물을 주전자에 붓고 난로 위에 올렸다. 그러고는 돌아서서 종이컵 두 개에 커피 믹스를 뜯어 넣었다. 그사이 물은 금세 끓었고, 그가 종이컵에 뜨거운 물을 붓고 나무젓가락으로 휘휘 저었다. 컵에서 피어오른 커피 냄새가 휘청거리며 내 쪽으로 다가왔다. 또와 아주머니는 그가 건네는 커피를 당당하게 받아 들었다. 짠, 하고 그와 잔을 부딪치고 나서는 후루룩 소리까지 내 가며 시끄럽게 마셔댔다. 들이켜고 나서도 시끄러운 건 여전했다. 접시라도 깬 듯 한번씩 치고 나오는 거친 악센트 때문에 더 그렇게 들렸다.

"캬, 맛 좋다. 나한테는 총각이 타 주는 요 커피가 최고라니까."

"오늘은 좀 늦으셨네요."

"저놈의 눈 때문에 재료가 방금 도착했지 뭐야."

"오늘도 일 하시게요?"

"먹고살려면 별수 있나. 우리 같은 사람한테 오늘내일이 어딨다고."

"그렇긴 하죠."

"그나마 물량이 있으니까 죽어라 하는 거지. 의사 아가씨도 와 있었네. 우리 귀염둥이 반이도 안녕."

귀를 아프게 하는 유리 조각 같은 목소리로 아주머니는 반과 내게 뒤늦은 인사를 건넸다. 나는 어색한 듯 고개를 까닥였고, 반이는 시큰둥하게 눈만 끔뻑였다. 또와 아주머니가 마시는 커피 믹스는 자신이 사다 놓은 것이었다. 그러니 커피를 넙죽 받아 마시는 건 당연하고 자연스런 일이었다. 아주머니는 미신이나 징크스에 민감한 사람이었다. 그의 귀띔에 따

르면 어느 날 우연히 그가 타 준 인스턴트커피를 마신 뒤 분
식점에 손님이 들끓기 시작했다고 했다. 그러다 어느 날인가
는 커피 믹스가 떨어져서 커피를 못 마시고 돌아간 적이 있
었는데 신기하게도 그때는 벌이가 신통치 않았다고. 그 후로
아주머니는 가게 문을 열기 전에 꼭 그가 타 주는 모닝커피
를 습관처럼 마셔야만 일을 시작할 수 있었다. 또와 아주머니
에게 그와 마주보고 마시는 커피 한 잔은 행운의 부적이었고,
그와 반에게 있어서 아주머니는 영업하는 아침이면 반드시
찾아오는 사람이 되어 있었다. 아주머니는 자신의 행운과 커
피 믹스가 떨어지지 않도록 늘 주의를 기울였다. 가끔은 아주
머니 몰래 그가 채워 두기도 했다.

　나는 궁금했다. 오늘 같은 음침한 날에도 징크스가 효력을
발휘할지.

141

　회색시에는 세 부류의 사람들이 존재하고 있었다. 생계를
버리고 행렬을 따라 회색시를 빠져나가려는 자들과 우리처럼
이곳에 남아 평소의 생활을 지키려는 사람들. 그리고 터전을
떠나는 것도 살림을 지키는 것도 여의치 않아서 땅을 파고

지하 깊숙한 곳으로 숨어든 자들. 그들은 대부분 도시의 약탈자가 되었다. 이곳에 남아 평소대로 살아가고자 하는 사람들은 다시 두 부류로 나뉘었다. 또와 아주머니처럼 현실을 받아들이지 않기 위해 일을 하며 평상시의 삶을 유지하려는 사람과 우리처럼 달라진 현실을 받아들이기 위해서 일상적 삶을 선택한 사람들. 도시는 우리 같은 부류끼리 작은 공동체를 이루며 자그맣게 움직이고 있었다. 서로에게 필요한 물건을 교환하고, 전기를 만들고, 구두를 고쳐 주는 것으로. 그것은 최소한으로 남은 도시의 기능이었다. 하지만 그런 구분도 사실은 무의미했다. 생활방식만 다를 뿐 모두 지구라는 똑같은 주소를 가진 사람들이기 때문이었다. 어디에도 안전한 곳은 없었다.

"눈도 많이 오는데 오늘은 그냥 쉬시지 그러세요."

"총각도 그 유언비어 때문에 그러지?"

"아니, 뭐."

"말도 안 되는 소리야."

"누가 그러던가요?"

"응."

"누가요?"

"우리 아들이."

"아, 아드님요."

그는 신빙성이 떨어지는 존재가 한 말이라서 실망한 것 같았다.

"우리 아들이 아니랬어. 똑똑한 데다 아는 것도 많은 애야. 왜 말이 안 되는지 밤새 붙잡고 과학적으로 설명까지 해 줬다니까. 우리 아들이 아니라면 아닌 거야. 난 우리 아들 말만 믿어."

"밖에 회색인이 더 늘었어요."

"정신병자가 는 거랬어. 우리 아들이."

아주머니가 커피 한 모금을 마신 뒤 그에게 걱정 섞인 목소리로 물었다.

"진수 총각 소식은 없지?"

그가 어두워진 얼굴로 고개를 끄덕였다. 진수 총각은 또와 분식 옆 건물에서 기타 리페어숍을 운영하는 청년이었다.

"우리 아들이랑 동갑이라 신경을 끊으려고 해도 잘 안 되네. 누구보다 정신이 건강하다고 생각했는데 행렬을 그렇게 쉽게 따라가 버릴 줄은 몰랐어. 어렵게 낸 샵까지 팽개쳐 두고. 가게 오픈 하던 날 고사떡 돌리면서 환하게 웃던 얼굴이 아직도 이렇게 눈에 선한데. 보니까 유나 학생이 진수 총각을 기다리는 눈치더라고. 어리석게 진수 총각도 유언비어에 속고만 거야. 쯧쯧."

아주머니는 기타 청년을 정신병자로 보는 걸까. 그는 제법 넓은 공간을 차지하며 책상 옆에 자폐적으로 놓여 있는 검은

색 기타 케이스를 쳐다보고 있었다.

"요새 폐지 할머니 총각네로도 폐품 걷으러 안 오지?"

"홍 여사님요?"

"응."

"네."

"그 소문이 맞나."

"무슨 소문요?"

"돌아가셨다고 하더라고."

"정말요? 어쩌다요?"

"연세가 있잖아."

아주머니는 연세 탓으로 돌렸지만 사실은 세상 탓을 하는 것 같았다. 아주머니는 밖의 미친 행렬에는 관심을 두지 않겠다는 듯 커피를 다시 후루룩 마셨다. 현실을 잊게 하는 향이었다. 적어도 여긴 아직까지 안부가 남아 있었다.

"빨리빨리 돈 벌어서 우리 아들 졸업도 시키고 장가도 보내야지."

이상하게 그것은 매우 현실적인 이야기라 현실적이지 않게 들렸다. 이번에는 아주 큰 접시가 깨진 듯 그 말에서 악센트는 극에 달했다. 아주머니에게 악센트는 강조가 아니라 희망이나 의지 같은 걸까. 아니면 일상일까.

"총각은 결혼 안 해?"

아주머니가 그의 어깨 너머로 나를 힐끔 훔쳐봤다.

"우리 아들도 저렇게 예쁘고 똑똑한 의사 아가씨 데려오면 얼마나 좋을까."

아주머니는 그를 몹시 부럽다는 눈빛으로 쳐다봤다. 그는 나를 의식한 듯 멋쩍게 머리를 긁었다.

"비결이 뭐야? 좀 가르쳐 줘 봐. 우리 아들한테도 알려 주게. 공부는 잘하는데 여자에 대해서는 통 몰라서 걱정이라니까."

"없어요."

"없긴 뭐가 없다고."

아주머니가 주먹으로 그의 팔뚝을 장난스럽게 툭 건드렸다.

"정말로 없어?"

"없어요."

"정말?"

"네."

"그럼 얼른 들어 앉혀. 미적거리다 도망가는 수가 있다."

아주머니가 그 말만은 소곤거리듯 전했다. 하지만 공간이 좁은 데다 가까워서 다 들렸다. 아주머니는 커피를 마신 뒤 종이컵을 납작하게 구겼다. 컵을 처리하는 데도 아주머니만의 정해 둔 방식과 모양이 따로 있었다. 그 또한 아주머니가 반드시 지켜야만 하는 징크스였다.

"아참, 나 구두 하나 맞춰 줘."

"아주머니가 신으시게요?"

"아니 우리 아들. 총각이 만들어 준 구두 신으면 왠지 좋은데 취직도 하고 내 맘에 꼭 드는 며느리감도 데려올 것 같아서."

"네."

"오늘은 우리 아들이 바쁘다니까 모레쯤 사이즈 재러 올게."

"모레요?"

"왜 바빠?"

"아, 아니요."

"자, 그럼 커피도 마셨겠다 이 몸은 가서 장사나 슬슬 시작해야겠네. 오늘도 대박 나겠지? 날이 추우니까 더."

피상적인 수다로 수십 장의 접시를 깬 아주머니가 일부러 콧노래를 흥얼거리며 컨테이너 박스 문을 열고 나갔다. 생긴 모양대로 어떤 일이 닥쳐도 오뚜기처럼 오뚝 일어설 사람이었다. 회색 눈보라가 아주머니의 거대한 풍채를 단번에 집어삼켰다. 정말 오뚜기인 걸까. 아니면 눈 폭풍에 휘말려 잠시 휘청인 걸까. 아주머니가 오뚜기처럼 몸을 좌우로 출렁이며 걸어가고 있었다. 출렁일 때마다 안에서 무슨 소리가 나는 것도 같았다. 문득 겉보기와 달리 아주머니의 속은 텅 비어 있을지도 모르겠다는 생각이 들었다. 마트료시카처럼 몸 속에 뭔가를 겹겹이 포개 놓음으로써 용케 해골을 잘 감춰 왔던 것이다. 아주머니가 마트료시카를 일렬로 펼쳐 놓은 듯 뚝뚝 끊어지면서 점점이 작아지고 있었다.

140

그게 온다고 한다.

하지만 또와 아주머니처럼 그 말을 믿지 않는 사람들도 많이 있었다. 의도적으로 외면하면 상황이 바뀔 거라 생각해서였다. 그것은 현실을 부정하기 위해 오히려 더 현실적으로 살려는 사람들의 극단적 몸부림이자 공허한 홍정이었다. 나는 그들의 오만한 믿음이 저마다 어디서 비롯된 것인지 궁금해졌다. 아들일까? 신일까? 책일까? 신념일까? 또와 아주머니가 돌아가고 난 문을 바람이 거세게 닫았다. 그가 닫힌 문을 멀뚱히 쳐다보며 뒤늦은 고백처럼 말했다.

"이젠 커피 구할 데도 없는데."

139

그의 컨테이너 박스는 구청 부지 한쪽을 빌려 자리하고 있었다. 구청을 가려면 버스에서 내려 20미터 정도를 경사진 아스팔트를 따라 쭉 걸어 올라가야 했다. 구청이 바로 옆이라 그의 단골손님은 주로 재미없는 표정과 센스 없는 옷차림을 하고 출퇴근하는 공무원이었다. 한가한 공무원들은 시간을 때우려고 멀쩡해 보이는 구두를 자주 닦으러 왔다. 직업만큼이나 그들이 함부로 던져 놓고 가는 농담들 또한 나른하고 시시한 것들이 대부분이었다. 하지만 구청은 보름 전에 폐쇄되어 지금은 아무도 출입하지 않는다. 그럭저럭 견디던 세상의 사정이 한 달 사이에 급격하게 나빠졌다는 방증이었다. 그것은 몰락한 가문의 대저택처럼 흉흉한 몰골로 어둠 속에 처박혀 있을 뿐이었다. 그는 지루하고 재미없는 공무원을 상대하지 않아도 되어 좋다고 말했다.

닦는 게 소용없을 정도로 유리창에는 금세 서리가 차올랐다. 나는 창문을 조금 열어 구청 건물이 있는 쪽을 향해 손을 내밀었다. 건물 중앙에 충성스럽게 게양되어 있는 하얀 국기는 더 이상 휘날리지 않았다. 그것은 구겨지고 접힌 채로 단단하게 얼어붙어서 으스스하게 덜렁거리고 있었다. 언뜻 보면 소복 입은 어린 여자애가 목을 매달고 있는 것처럼 보이기도 했다. 국기 뒤쪽 벽에 걸려 있는 네모진 시계는 11시 25분에 멈춰 있었다. 추위에 시간마저 얼어 버린 것일까, 아니면 누군가 건물을 떠나며 일부러 바늘을 죽이고 간 걸까. 시계가 멈춘 날짜가 언제인지 아는 사람은 없지만 멈춘 시간이 11시 25분이란 건 모두가 알고 있었다. 다만 그때의 사람들은 시계를 쳐다보는 것에 많이 지쳐 있었다. 그런데 저 시계가 멈춘 건 오전일까 오후일까.

고장난 시계를 지나 고개를 더 들어 올리자 하늘이 보였다. 하늘은 여전히 더러운 양말 짝들과 양 떼들로 빈틈없이 채워져 있었고, 회색 눈은 손바닥 위로 금방 쌓였으며, 바람은 손가락 사이를 샅샅이 핥으며 빠져나갔다. 저 잿빛 구름을 깰 수 있는 거라면. 먼지 잔득 긴 유리창처럼. 그러면 매일 야구방망이를 휘둘러 돌멩이를 날릴텐데.

그런데 가만히 집중해서 느껴 보니 그것들은 분명, 달라져 있었다. 내가 이제까지 알고 있던 눈과 바람의 느낌이 아니었다. 차갑다거나 날카롭다는 문장으로 설명하기에는 뭔가 턱없이 부족한, 새로운 표현이 필요해 보이는, 신기하리만치 생경한 감촉과 기운을 가진 눈과 바람이었다. 봄이나 여름, 가을, 겨울이 아닌 제5계절에나 있을 법한 자연이었다. 빨간 가랑비가 처음 내렸던 그 날의 그것처럼 당혹스러운. 혹시 지금 우리는 제5계절을 살고 있는 것일까. 내가 그의 이름을 부르며 밖으로 손을 내밀어 보라고 하자 그가 말했다.

"나도 아침부터 느끼고 있었어요."

그는 돌아보지 않고 오래전 손님이 맡기고 간 구두에 입김을 불어 넣고 있었다. 그의 무심함이 잠시 나를 안심시킨 듯

했지만 두터운 눈 폭풍 속에서도 희끗희끗 보이는 메마른 회색인들의 행렬이 내게서 도로 안정을 빼앗아 가 버렸다. 제5계절을 뚫고 그들은 대체 어디로 향하는 것일까. 제5세계로 가는 것일까. 저것은 삶의 행렬일까, 죽음의 행렬일까. 아무도 그들의 목적지가 어딘지 아는 사람은 없었다. 목적지까지 도착했다 되돌아온 회색인이 아직 없기 때문이었다. 그래서 아무런 이야기도 들을 수 없었다. 돌아오지 않는다는 건 무슨 의미일까.

"행렬이 도착한 곳에는 무엇이 있을까요?"

내가 창밖으로 시선을 고정한 채 혼잣말하듯 중얼거렸다.

"둘 중 하나겠죠."

그도 혼잣말하듯 대답했다.

"둘 중 하나요?"

"있거나 없거나요."

"있는 건 뭐고, 없는 건 뭔데요?"

그가 한참 있다 말했다.

"파라다이스거나 파라다이스가 아니거나요."

"파라다이스가 아니란 건……"

"지옥이겠죠. 이곳보다 더한."

"그쪽은 믿어요? 끝이란 거?"

나는 끝까지 돌아보지 않고 물었다. 그는 끝내 대답하지 않았지만 나처럼 믿고 있음을 건조한 공기와 달라진 구두 손질 소리로 알 수 있었다.

138

회색시에는 믿는 자와 믿지 않는 자가 있었고, 바라는 자와 바라지 않는 자가 있었다. 우리는 믿는 자이지만 바라는 자는 아니었다. 우리는 연인이 된 지 얼마 안 된 사이이기 때문이었다. 서로를 생각했던 과거보다 생각해야 할 미래를 더 많이 열망하고 있는 사람들이었다. 차라리 아주 오래된 연인이라면, 그래서 더 이상 아쉬울 것도 서로에게 기대거나 바랄 게 없는 느슨한 관계라면 오히려 나으려나. 그런 심드렁한 사이라면 어떤 문장을 주고받으며 지금의 현실을 버티고 있을까. 내 말에 그가 어렵게 입을 열었다.

"침묵한 채 회색인을 따라갔겠죠."

"우리 가족처럼요?"

그는 대답하지 않았다.

"아침에 봤던 연인들도 혹시 오래된 사이였을까요?"

"어쩌면요."

그가 구두를 닦다 말고 이어서 말했다.

"아주 오래된 연인들한테는 서로에게 나눠 줄 이야기 같은 게 더는 없을 테니까요. 없어서 다른 걸 찾아야만 살 수 있을 것 같으니까 떠난 걸 거예요."

저 회색인 무리 속에는 믿지는 않지만 속는 셈치고 오늘 하루 눈보라를 뚫고 가 보자고 하는 사람들도 있을 것이다. 그들은 분명 연인이 없는 자들일 것이다. 바라는 자들은 따라 가지 않을 것이고, 바라지 않는 자들은 따라나서고 있을 것이다. 끝을 피해 끝으로. 하지만 우리처럼 바라지 않으면서 따라가지 않는 자들도 있었다. 그들은 분명 연인일 것이다. 그리 오래되지 않은 근면한 연인들. 서로에게 나눠 줄 새로운 문장과 이야기가 아직은 무궁무진하게 남은 연인들. 심하게 다툰 날은 얼마나 무시무시하고 서운한 문장들을 주고받게 되는지, 연애가 좀 더 깊어질 때는 어떤 놀라운 문장들이 상대방의 몸을 타고 탄생하는지, 갑작스럽게 권태가 찾아오는 순간에는 무슨 문장들로 그 지겨운 시간들을 버텨야 하는지 모르는 순진한 연인들.

137

그는 나와 다투면 얼마만큼 거칠고 못된 문장을 내뱉는

사람일까. 애정이 좀 더 깊어지면 어떤 단어를 문법에 넣어 표현하려 할까. 권태가 시작됐을 때는 내게 무슨 비유를 들어 자신의 게으르고 시들해져 버린 심정을 전달하려 애쓸까. 나는 그에게 부탁하고 싶어졌다. 오늘 하루 동안 좀 더 깊은 연애도 해 보고, 다퉈도 보고, 권태도 느껴 보자고. 저마다 안에 간직해 두거나 감춰 둔 문장들을 모조리, 미리 다 찾아서 써 버리자고.

하지만 막상 그의 야윈 얼굴을 대하자 알고 싶지 않아졌다. 좀 더 애닯도록 가까워진 관계라면 모를까 그와 나 사이에 다툼이 생긴다는 것도, 권태가 교활하게 끼어든다는 것도 현재로서는 상상할 수 없는 일이었다. 그러기엔 하루는 짧았고, 우리의 연애와 인생도 짧았다. 서로에 대해 아는 것보다 모르는 게 많아 차라리 다행이란 생각이 들었다. 우리 가족처럼 춥고 배고픈 길을 떠나지 않아도 되니 말이다.

나는 창문을 닫은 뒤 밖이 보이지 않도록 먼지 낀 블라인드를 내려 버렸다. 그때였다. 땅이 쪼개지기라도 한 듯 머나먼 아래쪽으로부터 진동이 도착하는 게 느껴졌다. 온몸도, 천장도, 벽도, 떨렸다. 어지러웠다.

지진이었다.

반과 내가 본능적으로 그가 있는 쪽으로 달려들었다. 그는 양팔로 안전하게 우리를 꽉 감싸 안아 주었다. 지구는 체온이 점점 내려간 후 독감 걸린 사람처럼 기침을 자주 해 댔다. 그럴 때마다 뭔가에 충돌하거나 무거운 게 땅으로 떨어진 듯 바닥이 흔들렸지만 방금처럼 있는 힘껏 기침을 토해 낸 적은 없었다. 짧고 미세하게 발바닥을 간질이듯 떨림을 느끼게만 해 주고 지나가던 것이 오늘은 유난히도 길고 오랫동안 지속됐으며, 선반에 놓인 살림이 바닥을 구르고 정전이 될 정도였다. 밖에서는 지진을 당한 사람들의 새된 비명 소리가 쉬지 않고 연달아 들려왔다. 혹시 그게 오려는 것일까. 그게 지금인 걸까. 저건 경고음일까, 예비음일까. 바라건대 지금은 아니었으면 좋겠다. 그에게 못다 한 말과 들어야 할 이야기들이 아직도 많이 있었다. 많이 남아서 우리는 떠나지 않았다.

그의 무릎에 얼굴을 파묻고 반의 목을 껴안은 나는 추위에 꽁꽁 얼어붙은 지구의 기침이 그치기만을 기다렸다. 계속되는 건 없으니까 곧 멈출 거라 생각했다. 그리고 그 믿음대로 다행히 언제 그랬냐는 듯, 시치미 떼듯 기침은 잠잠해졌다. 하지만 백열등은 들어오지 않았다.

들어오지 않는 불에 대한 대처는 캄캄함에 익숙해지기를 기다리는 것뿐이었다. 익숙해지기 위해서는 시간이 필요했고, 그 시간에는 무엇이든 해야만 했다. 그냥 흘려 보낸다면 아깝다고 후회하게 될지도 모를 귀한 순간이었다. 우리에게 남은 적(敵)은 공포나 절망이 아닌 시간이었다. 탕진해선 안 되는.

예전부터 어둠 속에서 할 수 있는 건 딱 두 가지라고 생각해 왔다. 사랑을 하거나 대화를 나누거나. 그 두 가지는 상대방에게 가장 진실해야 하는 순간이기 때문이었다. 어둠에는 사람을 솔직하게 만드는 힘이 있다고 믿는 나였다. 인위적으로 만들어 낸 것이 아닌 자연스럽게 주어진 것이라면 더욱 그렇다고. 한낮인데도 전기가 나간 컨테이너 박스 안은 깊은 밤보다 더 어두웠다. 나는 세상에 다시없을 짙은 명암의 도움을 받아 그에게 물었다.

"오늘이 정말 끝이면 가장 하고 싶은 게 뭐예요?"

"운 좋게도 하고 있어요."

"뭔데요?"

"아주 오랫동안 생각해 왔던 것과 최근에 생각하게 된 것과 함께하는 거요."

"오래된 건 뭐예요?"

"컨테이너 박스, 구두 그리고 반이요."

"최근은요?"

"해인 씨요."

그는 망설임 없이 대답했다. 불이 나가서 참 다행이란 생각이 들었다. 붉어진 얼굴을 그에게 들켜 버렸을 테니까.

"해인 씨는요?"

방금 망설임 없이 대답하던 것과 달리 그가 조금 주저하며 물었다.

"저도요."

나 또한 주저한 뒤 대답했다.

"이미 하고 있다는 거네요?"

"근데 전 절반만 하고 있어요."

"나머지 절반은 뭔데요?"

"가족요."

"아."

그가 미처 생각하지 못했다는 듯, 미안하고 안타까운 한숨을 내쉬었다. 그 한탄 섞인 숨소리가 퍼지자 어둠이 조금 밝아지는 것 같았다. 그의 목소리가 있어서 캄캄한 순간들이 무섭고 답답하기보다 아늑하게 느껴졌다. 내겐 중요한 목소리였다.

"그래도 그쪽이랑 반이 있어서 괜찮아요."

"다행이네요."

"둘을 안 만났으면 그 질문에 난 아마 세상에서 가장 미워했던 사람을 찾아가 욕을 진탕 해 주고 오는 거라고 했을 거예요."

"그게 누군데요?"

"초등학교 4학년 때 담임이요."

"왜요?"

"뺨을 때렸거든요. 그것도 반 아이들이 다 보는 앞에서 양쪽 뺨을 두 대씩이나."

"무슨 이유로요?"

"겉으로는 주번 역할을 제대로 못했다는 핑계를 댔지만 사실은 가난해서였어요. 촌지를 안 줬거든요."

"찾아갈 만하네요. 나쁜 새끼."

"그죠? 대머리라 그런지 공짜를 좋아했어요."

나는 솔직히 그가 '나쁜 새끼'보다 더 심한 욕을 해 줬으면 하고 바랐다.

"근데……"

그가 말을 흐렸다.

"뭐요?"

"오늘이 끝이라 해도 우리가 할 수 있고, 하고 싶은 일이란 게 특별한 건 아닌 것 같아요. 그저 평소에도 얼마든지 할 수 있었던 건데 용기가 부족해서 못하거나 망설이고 게을러서 놓쳤던 것들이지 싶어요, 기껏 해 봐야. 그러니까 끝이란 거 우리한테 특별한 게 아닐 수도 있어요. 그저 평범한 날의 어떤 날과 같거나 비슷한 날의 하루뿐인지도요."

"무서워할 필요가 없다는 거예요?"

내가 물었다.

"네."

"아무리 그렇다고 해도 억울해요."

"뭐가요?"

"이대로 끝나 버린다면. 아직 젊잖아요."

"우리만의 문제는 아니잖아요."

"매사에 왜 그렇게 긍정적이에요?"

어둠 속이라 내 목소리가 제법 날카롭게 들렸다.

"어쩔 수 없고, 어떻게 할 수도 없잖아요. 부정해 봤자. 부정해서 해결될 문제라면, 해인 씨와 반을 위해서라면 난 내 존재도 부정할 수 있어요."

더 이상 대꾸를 할 수 없게 만드는 말이었다.

"언제부터 날 좋아했어요?"

충동적으로 꺼낸 듯하지만, 나는 진짜 궁금했으면서 내내 아껴 두기만 했던 질문을, 차마 하지 못했던 말을 정전의 힘을 빌려 드디어 던졌다.

"해인 씨는요?"

"먼저 말해요."

"해인 씨가 먼저 말하면 말할게요."

"제가 먼저 물었잖아요."

"먼저 말해 봐요."

"첫인상 어땠는지 기억나요?"

"해인 씨는 기억나요?"

"그럼 나 어디가 제일 좋았어요?"

"해인 씨는요?"

"자꾸 이러기예요?"

"말해 봐요. 나도 궁금해서 그래요."

"날 얼마나 좋아해요?"

"해인 씨는요?"

당신이 아무리 날 좋아해도 난 당신이 좋아하는 크기보다 한 뼘이라도 더 당신을 좋아한다고, 맘 잡고 내가 먼저 대답을 하려는데 하필 그때 방해꾼처럼 전기가 들어왔다. 주변이 환해지자 눈이 부시고 아려서 하려던 대답을 까맣게 잊어버렸다. 잊어버려도 괜찮다고 생각했다. 그의 얼굴이 보여서인 것 같았다. 굳이 묻고 대답하지 않아도 잘 알고 있을 터였다. 그저 어둠을 핑계로 상대방의 창문을 열어 보고 싶었을 뿐이리라. 중요한 건 인생의 가장 위험하고 불안하고 불행한 순간에 누군가가 옆에 있다는 사실이었다. 둘이라면 생각만큼 두

렵지는 않을 것이다. 죽음의 고통과 위협마저도. 아침에 봤던 연인들이 그랬던 것처럼. 그게 오든 안 오든 우리는 끝까지 함께할 수 있을 것이다. 나는 대신 말했다.

"배고파요."

"나도요."

반이 옆에서 낮은 소리로 짖었다. 반도 배고픈 모양이었다.

134

그게 온다고 한다.

만약 그게 사실이 아니라면, 그래서 다시 한 번 자연스런 어둠이 찾아온다면 이번에는 그와 사랑을 하겠다고 생각했다.

133

우리는, 아침에 내가 집 앞 구멍가게에서 구해 온 컵라면과 비스킷 한 통으로 점심을 때우기로 했다. 유통기한이 한참 지난 것들이지만 맛은 문제가 없을 것이다. 맛의 기한을 지켜 주는 건 추위였다. 작금의 세계는 세상에서 가장 성능 좋은 거대한 냉장고였다.

컵라면에 넣을 물이 난로 위에서 펄펄 끓고 있었고, 반에게는 따뜻한 물에 불린 사료를 주었다. 사람보다 나이를 빨리 먹어서, 몇 달 사이 급격하게 늙고 쇠약해진 반은 현재 이빨이 많이 없는 상태였다. 빠지지 않고 남은 몇 개의 이빨들은 썩어서 위태로울 정도로 크게 흔들렸다. 그래서 밥을 먹다 음식물이 이빨을 건드리면 깨갱, 하고 자기도 모르게 소리를 크게 질렀다. 그럴 때마다 우리는 자신도 모르게 깜짝 놀란 뒤 약속이나 한 듯 안타까운 표정을 지었다. 요즘 들어 반의 움직임은 반가운 사람을 만났을 때를 빼고는 항상 굼떴다. 먹을 때도 마찬가지였다. 식욕이 없는 것처럼 보이기도 해서 그의 걱정은 자꾸 늘어 갔다. 그가 천천히 식사 중인 반을, 나를 반하게 만들었던 애처로운 눈으로 계속 쳐다봤다. 저 시선 때문에 나는 늘 반을 부러워했다.

132

그와 반의 만남은 9년 전으로 거슬러 올라간다. 그는 반이 어느 날 갑자기 신령처럼 자기 앞에 나타났다고 말했다. 일을 시작하려고 가게 문을 여는데 눈처럼 흰 개 한 마리가 사람이 나오길 기다리며 문을 하염없이 쳐다보며 앉아 있더라는 것이었다. 목격자들의 증언에 따르면 마치 누군가 몰래 옮겨다 놓은 얼음 조각상처럼 반은 밤새 꼼짝 않고 거기 앉아 있었다고 했다. 며칠을 굶은 건지 커다란 몸뚱이는 비쩍 말라 있었고, 영양실조로 거칠어진 털은 듬성듬성 빠져서 분홍빛 살갗이 훤히 들여다보일 정도였다. 앙상하게 마른 목에는 이름과 전화번호가 적힌 목걸이가 녹슨 채 걸려 있었다. 얼마나 부식이 많이 됐던지 이름은 전혀 읽어 낼 수 없었고, 숫자만 간신히 알아볼 수 있었다. 그가 어렵게 해독해 낸 번호로 주인에게 전화를 걸어 봤지만 수화기 너머에서는 없는 번호라는 차가운 멘트만 흘러나왔다. 그것은 전화번호가 바뀌거나 없어져 있을 만큼 그 개가 주인을 잃은 지 오래됐다는 걸 귀띔해 주는 말이었다. 목걸이가 녹이 슬어 자기 이름이 지워질 만큼 긴 시간을 혼자서 지내 왔다는 의미이기도 했다. 상상하지 않아도 고되고 불안한 생활을 해 왔음을 알 수 있었다. 어쩌면 그와 만났을 때 반의 나이는 이미 아홉 살이었는지도 몰랐다.

그날 이후 그는 반에게 먹이를 챙겨 주었고, 시계라도 차고 있는 듯 반은 매일 정확한 시간에 가게를 찾아와 끼니를 해결했다. 급기야 반은 그의 컨테이너 박스 안까지 들어와 잠을 잤고, 물을 마셨고, 하품을 꾸준히 했다. 물론 따가운 햇볕과 찬바람을 피했으며 종종 비와 안개도 피했다. 나중에는 자기 집 마냥 컨테이너 박스에서 나가지 않았고, 점점 그와 가게를 지킬 줄 아는 충직하고 듬직한 그의 개가 되어 갔다. 자연스런 과정이었다.

131

그들은 그렇게 식구가 되었다. 반은, 어린 나이에 혼자 도시로 올라와 오랜 시간을 가족과 떨어져 지낸 탓에 고아라 생각하며 살고 있던 그에게 보호자가 되어 주었다. 그리고 그는 보호자가 되어 준 반에게 새 이름을 지어 주었다. 몇 년을 살아왔는지 알 수 없으나 앞으로 몇 년을 살든 그의 나이 절반의 절반만 살아 달라는 의미로 반(半)이라고 지었다. 아무도 반의 나이를 몰랐기에 반은 지나간 자기 나이를 잊은 채 새로운 나이를 먹으며 살아가야 했다.

올해로 9년이 됐으니 이름대로 반은 그의 나이 반의 반을 살아 낸 셈이었다. 그는 9년 전까지는 가족 없이 혼자 보내 왔지만 반 덕에 9년 동안은 식구가 있다는 게 어떤 의미인지 느끼며 살 수 있었다. 비록 그의 나이 절반의 절반에 불과하지

만 돌아보면 9년은 그에게 아주 많은 날들이었다. 반에게는
더더욱 긴 시간이었을 것이다. 걸음이 느려지고 이빨이 썩을
정도의 세월이었으니 충분히 길었을 것이다. 그만큼 즐거움도
길었을 것이다.

130

　나는 그의 개를 참 많이도 부러워했던 사람이었다. 그의
나이 반의 반을 차지해 버린 반이었다. 그의 인생 절반의 절
반을 함께 살아온 존재였다. 그의 생활 방식 반쪽의 반쪽에
대해서 많은 걸 알고 있는 생명이었다. 반이 만약 암컷이었
다면 나의 부러움은 정도를 넘어 질투에 다다랐을지도 모른
다. 자기 몸이 늙어 빠질 때까지 누군가의 옆을 침묵으로 지
고지순하게 지켜 낸다는 것, 서로 주름지는 모습을 한 올 한
올 살피며 살아간다는 것, 말 한마디 않고도 말이 통하는 사
이가 된다는 것. 나보다 어마어마하게 많은 밤들을 그와 함께
보냈던 반이니까 질투했을 것이다.

129

물론 지금은 질투 같은 건 생각조차 하지 않는다. 그저 고
마울 따름이었다. 반이 아니었다면 나는 그를 만날 수 없었
을 것이다. 그날 내가 그의 가게로 들어선 건 순전히 반 때문
이었다. 출근길에 망가진 부츠 굽을 고치기 위해서도, 갑자기
굵어진 께름칙한 회색 눈을 피하기 위해서도 아닌 반이란 멋
지고 훌륭한 개의 털을 한번 쓰다듬어 주고 싶어서. 반이란
개에게 먼저 홀딱 반해서.

128

그다음으로 반을 쳐다보는 그의 눈빛에 반했다. 내게도 그
는 반 다음이었다.

127

컵라면은, 많은 게 불편해져 버린 세계에서 간편하고 편리
하게 익고 있었다. 그리고 그것의 맛은 복잡하게 맛있었다. 그

는 맛에 문제가 전혀 없는 컵라면 국물을 싹 비우는 동안에
도, 후식으로 퍼석한 비스킷을 천천히 녹여 먹는 순간에도 반
에게서 눈을 떼지 않았다. 혹시나 반이 밥을 먹다 흔들리는
이빨 때문에 깨갱, 하고 소리를 지를까 봐 걱정돼서였다. 반은
확실히 눈에 띌 정도로 먹는 속도가 느려졌다. 먼저 점심을
끝낸 우리는 움직임을 자제하면서 반이 식사를 마치기만을
조심스레 기다렸다. 다행히 소리를 지르는 상황까지 가지는
않았다. 나는 반이 일부러 우리를 위해 참았다고 생각한다.

"반이 좋아할 만한 걸 구해 보는 건 어때요?"

내가 진지한 목소리로 물었다. 그는 뭔가를 곰곰이 생각하
는 눈치였지만 그게 뭔지는 말하지 않았고 나도 묻지 않았다.

126

방문객이 컨테이너 박스 문을 두드린 건 반이 힘들게 식사
를 마치고 겨우 잠에 빠져들려는 찰나였다. 그가 에이 씨, 하
며 한쪽 눈을 찡그렸다. 그는 요즘 들어 손님을 반기지 않았
다. 반의 휴식을, 넓게는 반의 삶을 방해한다고 생각하기 때
문이었다. 그러나 컨테이너 박스는 구두 수선 가게와 살림집
을 겸하는 곳이라 손님이 방문하는 건 어쩔 수 없는 일이었

다. 그 때문에 내가 반을 당분간 우리 집에 데려다 놓자고 제안했을 때도 그는 거절했었다. 아마 반도 원치 않는 일이었을 것이다. 둘은 결코 떨어져 지내서는 안 되는 존재들이었다.

반의 기력이 쇠약해진 뒤로 대신 그는 문손잡이에 자주 '금일 휴업'이란 푯말을 걸어 두었다. 뒤숭숭한 분위기와 폭설 때문에 오늘도 일이 손에 잡히지 않는지 그는 또와 아주머니가 다녀간 뒤로 곧바로 푯말을 내다 걸었다. 그런데도 문을 두드리는 자들이 간혹 있었다. 대부분은 그가 컨테이너 박스 말고는 갈 데가 없는 신세라는 걸 잘 알고 있는 사람들이었다. 그와 어느 정도 친분이 있는 방문객이란 뜻이었다.

125

문을 열자 모습을 드러낸 건 지팡이를 짚고 있는 초췌한 노인이었다. 나도 몇 번 본 적 있는 그의 단골손님이었다. 선물로 받은 구두 하나를 아주 오랫동안 고치고 또 닦아서 신는 노인이었다. 궁핍하면 알뜰해지게 되어 있었다. 노인은 길이와 모양이 다른 지팡이를 양손에 하나씩 붙잡고 있었고, 신발 바닥에는 테니스 라켓 모양의 설피가 덧대어 있었다. 노인은 며칠 전에 맡긴 구두를 찾으러 왔다며 끙, 소리를 내더니 난로 가까이 손수 의자를 가져다 놓고 앉았다. 얇고 쭈글 쭈글한 두 손은 포개어 지팡이 위에 올려 둔 뒤 살아온 세월만큼이나 천천히 눈을 깜빡였다. 우리가 마주하고 있는 건 많이 산 노인이 아니라 한 구의 완벽한 해골이었다. 오래 살면 누구나 마지막 모습은 해골이 되는 것이었던가.

"눈도 많이 오는데 그냥 집에 계시지요. 내일 중으로 배달해 드리려고 했는데."

"내일이라."

사이를 두고 노인이 이어 말했다.

"겸사겸사 이놈의 세상이 어떻게 돌아갈 판인지 답답하기도 해서. 푯말이 없길래 일을 하는 것 같아 들어왔네만."

노인의 말에 그가 밖으로 나가 문손잡이를 확인했다. 푯말이 눈보라에 떠밀려 눈밭에 파묻힌 모양이었다. 그가 인근 눈 속을 한참 동안 뒤져 푯말을 찾아 낸 뒤 문손잡이에 다시 걸어 두고 들어왔다. 그새 그의 머리 위로 회색 눈이 두텁게 쌓여 있었다. 엄청난 폭설이었다.

124

그는 노인에게 유통기한이 지난 따뜻한 홍차를 대접했다.

노인의 몸 속으로 들어간 한 모금의 홍차가 헐거워진 뼈들의 이음새로 줄줄이 새어 나올 것만 같았다. 노인은 도저히 영양소를 흡수한다고 볼 만한 상태가 아니었다.

"또와 분식은 오늘도 가게를 열었더군."

"열심히 사는 분이잖아요."

"제정신이 아니라서 그런 건지도 모르지."

"어떻게든 버텨야 하는 세상이니까요. 참, 홍 여사님이 돌아가셨다는 말이 들리던데 혹시 아시는 거 있으세요?"

"헛소리야. 얼마 전에도 내가 봤어."

"언제요?"

"그게…… 요즘 날짜 개념이 없어져서. 하루가 일주일 같다네."

그는 불완전한 기억과 뜬소문 중 어느 쪽을 믿어야 할지 혼란스러운 것 같았다.

"홍 여사님과는 꽤 오랜 친구시죠?"

"십년지기지. 그보다 자네, 내가 세 들어 사는 집주인 김 씨 아는가?"

홍차 한 모금을 더 마신 노인이 쉰 목소리로 그에게 물었다.

"알지요. 백구두 손보러 자주 오시는 분이니까요."

"글쎄, 어젯밤에 자살을 했다네."

노인이 잔을 무릎으로 내려 놓았다.

"농약을 마시고."

"왜요?"

"두려웠던 게지."

"……"

"번듯한 집도 있겠다 자식도 넷이나 되는데 말이야. 남부러울 것 없는 친구였는데 죽어 버렸어. 구두를 신고 있었다지. 평소 아끼던 그 백구두."

"……"

"나 때문인 것 같아."

"어르신 때문이라뇨?"

"평소에 너같이 인정머리 없고 못된 새끼는 뒈져야 한다고 했거든."

"……"

"나보다 열 살이나 어린 놈이 집주인 행세하는 게 늘 꼴보기 싫었어."

"어르신 때문이 아닐 거예요. 원체 세상이 흉흉하잖아요."

"그럴까?"

"네."

"죽었단 얘길 듣고 가장 먼저 든 생각이 뭔 줄 아나?"

"뭔데요?"

"당분간 월세 받으러는 안 오겠군. 그보다……"

또 뭘까.

"돈 자랑하면서 홍 여사하고 나 사이에 끼어들어 훼방 놓을 일은 없겠군."

노인은 눈을 질끈 감고 뜨거운 홍차를 목울대가 출렁이도록 꿀꺽꿀꺽 마셨다. 자책하는 걸로 보였다.

"오는 길에 눈 속에 파묻힌 시체에 발이 걸려서 넘어질 뻔했어."

그가 한숨을 처참하게 내쉬었다.

"소녀였어. 이번에 내 발목을 붙잡은 건. 그것도 아주 예쁘고 상냥하게 생긴. 금방이라도 말을 걸 것 같은 표정을 하고 있더군. 눈을 뜨고 있었거든. 감겨 주고 왔네. 처음에는 빨간 지붕집 유나인 줄 알았어."

"유나요?"

"세상이 무서운데 계집애가 빨빨거리고 돌아다녀서 저러다 언제 큰일 한번 치르지 했었거든. 생긴 것도 비슷하게 생겨서 순간 심장이 덜컥 내려앉았다네. 그나저나 그 소녀는 뉘집 딸내미기에 차가운 길바닥에 그렇게 누워 있었을까."

노인은 이어 어제도 우연히 목격했는데 오늘도 건물에서 뛰어내리는 사람을 봤다며 시체처럼 차갑고 시퍼런 얼굴로 말했다. 아마 사람들 눈에 띄지 않는 건물이나 집 안 어딘가에서는 더 많은 사람들이 죽어 나가고 있을 것이다. 노인의 집주인처럼 불안과 절망감에 저지른 충동적 자살이든, 추위와 배고픔에 따른 타살이든. 실제로 많은 사람들이 건물에 유폐된 채 얼어 죽거나 굶어 죽고 있었다. 죽음은 탄생보다 흔한 일이 되고 있었다. 균형이 깨진 것이다.

123

노인의 말대로 사람들은 하루도 빠짐없이 건물에서 떨어져 내렸다. 눈처럼. 그리고 눈만큼. 뛰어내리지 않은 사람들은 사라지거나 침묵했다. 눈처럼. 그리고 눈만큼.

122

"어르신은 그게 올 거라 생각하십니까?"

그가 홍차를 한 모금 들이켠 뒤 나직하게 물었다.

"내 나이가 올해 여든둘인데 이런 겨울은 처음이야. 이상해."

"믿으신다는 겁니까?"

"눈을 감고 바람 소리를 들어 봐."

나는 시키는 대로 눈을 감고 바람 소리에 귀를 기울여 봤다. 그도 노인도 똑같이 하고 있을 것 같았다.

"저 바람이 사람들을 밖으로 불러내고 있어. 그래서 행렬이 멈추질 않는 거야."

바람 소리는 정말로 누군가가 밖에서 불러내는 피리 소리처럼 들렸다. 나는 소리에 홀려 밖으로 뛰쳐나가게 될까 봐 얼른 눈을 떴다.

"오늘이 아니더라도 곧 닥치게 될 거야. 어떤 방식으로든. 이 상태가 계속되면 사람이 사람을 잡아먹게 될걸. 상상만으로도 끔찍해."

스스로 말하고도 잔인한지 노인이 몸서리를 쳤다.

"단순히 빙하기가 시작되는 거라면 더 낫겠지. 완전히 없어지는 것보다는 말이야."

"혹시 회색인에 대해 알고 있거나 들으신 얘기가 있나요?"

"없지만 그것도 이상해."

"뭐가요?"

"그렇게 많은 사람들이 떠났는데 돌아온 사람이 한 명도 없잖아. 안 그런가?"

"……"

"그렇게 많은 사람들을 수용할 수 있는 곳은 세상에 없어. 바다라면 모를까."

나는 다시 눈을 감고 노인의 말을 상상했다. 그도 상상하는 것 같았다. 그곳에 대해서. 끝을 피할 수 있다고 믿게 하는 곳에 대해서.

121

상상을 하자 머릿속으로 생생한 영상이 그려졌다. 추위와 굶주림에 정신이 혼미해진 사람들이 자신이 가는 곳이 어딘지도 모른 채 좀비처럼 따라가는 모습과 시커먼 바다가 출렁이는 절벽에 이르는 장면, 그리고 천길 낭떠러지로 낙하(落下)하고 있다는 것도 모른 채 눈송이처럼 낙화(落花)하는 회색인들의 지푸라기 같은 육체가. 어쩌면 거기가 세상의 끝일지도 모른다. 그들이 말하고 찾던 끝일지도. 그들이 외치던 끝의 방식일지도. 그래서 돌아올 수 없고 돌아온 사람이 없는 것인지도. 그러나 결국 우리는 회색인의 행렬을 쫓아가 보지 않는 이상 무엇도 알 수 없고, 무어라 말할 수도 없다.

"어쩌면 그냥 사라지는 것일 수도 있어. 공상과학영화에 나오는 것처럼 어떤 문을 통과하면 다른 차원의 세계로 흡수되듯 사라지는 거 말이야."

나는 이어서 사람들을 4차원의 세계로 데려간다는 괴이한

문에 대해서도 상상했다. 불가능할 것도 없었다. 눈이 계속 내리고 겨울이 끝나지 않는 이상한 일도 벌어지고 있으니 그런 이야기도 충분히 가능할 것이다. 솔직히 도심 하늘에서 빨간 비가 내렸던 것에 비하면 4차원은 비웃어도 될 만큼 싱거웠다. 4차원은 흔하게 접하고 무수히 공상해 온 미스터리지만 빨간 비와 눈에 대한 얘기는 어디서도 들어보지 못했고, 어디에도 적혀 있지 않은 사실이었다. 우리는 그 이상한 사건을 1년 전에 직접 보고 겪은 사람들이었다. 그러니 우리는 그보다 더한 이상한 이야기도 얼마든지 받아들일 준비가 되어 있었다.

120

"자네 애인이 의사라고 들었네."

그 말에 나는 상상하느라 감고 있던 눈을 번쩍 떴다. 노인이 탁한 눈으로 욕망하듯 나를 쳐다보고 있었다. 그러고는 어울리지 않게 주검처럼 핏기 없는 목소리로 현재 바라고 있는 것을 털어놓았다.

"날 좀, 죽여 줄 수 있겠나."

"어르신."

그가 갑자기 목소리를 높였다. 반이 깜짝 놀라 고개를 쳐들었다.

"다 산 인생인데 당장 간들 이상할 것도 없지 않은가. 여기서 더 살아 봤자 끔찍한 꼴만 보게 될 것 같아서 그래. 나한테는 그게 더 불행이야."

"정신 차리세요."

"김 씨처럼 죽을 용기가 없어서 그러네. 고통 없이 죽여 줄 수 있는 방법을 알고 있지 않겠나, 저 아가씨는."

나는 고개를 떨구는 것으로, 나를 간절하게 원하는 노인의 눈을 외면해 버렸다. 하지만 노인은 죽은 사람이라 우겨도 조금도 이상할 게 없어 보이는 낯빛을 하고 있었다. 눈동자에는 물기조차 없었다. 절망이었다. 하지만 사람이라면 누구나 얼마간의 절망을 예약해 둔 채 살아간다.

"김 씨처럼 가진 게 많은 것도 아닌데 무슨 미련이 남아 이러는지 모르겠네."

"그건 미련이 아닙니다."

그의 말에 노인이 지팡이에 올려 두고 있던 손등으로 자기 얼굴을 묻었다.

"요즘은 이상한 것들이 내 앞을 획획 지나다니기까지 한다네."

노인은 한참을 그 상태로 있었고, 난로 속 장작 타는 소리만 컨테이너 박스 안을 고단하게 감돌았다. 하지만 나는 그의 입술이 떨리고 있을 거란 걸 보지 않고도 알 수 있었다. 더불어 그 떨림의 의미가 무엇인지도. 나는 청을 들어주는 대신 세월을 쥐고 살아온 노인의 그물진 손바닥 위에 자낙스를 조금 나누어 주었다. 노인은 자신의 남은 세월인 양 조그마한 그 알약을 꽉 움켜쥐었다.

119

노인이 끙, 소리를 내며 자리에서 일어난 건 30분쯤 후였다.

"걱정 말게. 농담 삼아 그냥 해 본 말이니."

주먹 쥔 노인은 우리를 보고 일부러 환하게 웃으며 문을 열고 나갔다. 우리는 노인이 그냥 한 말이 아님을 알고 있었다. 이곳에 온 애초의 목적이 그것이었음을. 문손잡이에 걸어둔 '금일 휴업' 푯말을 노인이 일부러 눈 속에 감췄다는 사실도. 노인은 맡긴 구두를 찾으러 왔다면서 챙기지 않고 그냥 돌아갔다. 죽을 사람에게 구두 따위는 필요치 않는 것이다.

118

그게 온다고 한다.

우리는 방금 또 한 사람의 죽음을 미리 목격했다. 물론 알고 있었다. 그 죽음을 누구도 막을 수 없으리란 걸. 연고가 없는 노인은 우리에게 자신의 부고를 스스로 배달하러 온 것이었다. 그러므로 노인이 가져가지 않은 구두는 죽을 자가 미리 벗어 놓고 간 신발이나 다름없었다. 백구두를 신고 죽은 집주인과 달리 노인에게는 구두조차 필요 없었던 것이다. 그는 이제 쓸모없어진 노인의 구두를 미련 없이 장작 대신 난로 속으로 던져 넣었다. 가죽 타는 냄새가 났다.

117

폐허의 도시는 회색 눈에 철저히, 처절히 감금당하고 있었다. 모서리를, 뾰족함을, 반짝거림을 도난당한 도시는 눈으로 대충 뭉쳐 놓은 듯한 모양을 하고 있었다. 회색 눈은 쌓일 뿐 결코 녹지 않았다. 감춰진 길은 지루했고, 지루한 만큼 위험했다. 깊은 눈 때문에 사람들은 아찔한 크레바스처럼 바닥에 무엇을 숨겨 두고 있는지, 그래서 자기가 발 딛는 곳이 도로

인지, 호수인지, 함정인지, 무덤인지 알지 못했다. 그렇게 모든 걸 덮어 버리는 그것은 매일 우리에게 화난 것처럼 내렸다.

영원불멸할 것 같던 도시의 도도한 아우라는 어디로 가 버린 걸까. 나는 블라인드 사이로 훔쳐보듯 색과 빛을 잃고 초라함으로 주저앉은 도시를 내다봤다. 세상에 단 1초도 같은 장소에 머무르려 하지 않는 게 있다면 하늘, 바람, 바다, 시간이라고 생각했다. 그런데 오늘 본 하늘은 그렇지 않았다. 구름들은 움직이거나 이동하지 않고 망설이듯 계속 그 자리에서만 맴돌고 있었다. 깊이와 넓이의 끝을 알 수 없는 하늘조차 감당 못 할 만큼 구름이 많아졌다는 뜻이었다. 포화 상태에 빠진 하늘은 굉장히 무거운 물건을 들고 있는 사람처럼, 그래서 얼굴이 시퍼렇게 질린 사람처럼 힘겨워 보였다. 하늘은 당장에라도 손을 놓고 바닥으로 드러눕고 싶은 표정을 하고 있었다. 엄청난 비밀을 폭로하고 싶은 듯한 인상을 짓고 있었다. 오랫동안 보고 있으면 하늘은 꽁꽁 얼어 버린 썩은 호수처럼 보이기도 했고, 빛이 새지 않도록 누군가가 하늘 전체를 시멘트로 발라 버린 것 같기도 했다. 어쩌면 하늘에서 떨어지고 있는 건 회색 눈이 아니라 하늘이 무겁다며 수제비처럼 뚝뚝 떼어 놓고 있는 구름 덩어리일까. 눈과 구름의 색깔이 괜히 똑같은 건 아닐 것이다. 그도 아니면 죽은 사람들이 벗어 놓고 간 젖은 양말에서 떨어지고 있는 얼어붙은 땟국물일까. 그렇지 않고서야 눈이 저토록 시커멀 수는 없었다.

구름은 얼음이었다.

116

도시의 맥박이 약해지고 느려진 지는 오래였다. 사람들은 그러다 멈추리란 걸 알고 있어서 회색인이 되어 도시를 떠났다. 눈 폭풍을 뚫고 행렬을 따라나선 회색인들은 아까보다 더 불어나 있었다. 그래서 내가 서 있는 창가에서도 아주 가깝게 보였다. 가지 말라고 붙잡으면 잡힐 것 같았다. 그들을 향해 팔을 뻗으려는 그때 어디선가 본 듯한 소년이 나를 힐끗, 쳐다봤다. 잘못 본 건가 싶었지만 어둠과 눈보라 속에서도 서로의 눈이 더할 수 없이 명료하게 부딪쳤다. 신비로울 만큼 이상한 기운이 있는 눈초리라고 생각했다. 전체적인 분위기가 굉장히 매력적이어서 나도 모르게 계속 바라보게 됐다. 소년도 그런 나를 오랫동안 응시했다. 자꾸 그 소년과 눈을 맞추다 보니 머릿속이 안개 낀 듯 몽롱해지고 눈꺼풀이 풀어지면서 꿈꾸는 듯한 오묘한 시간 속으로 빠져들었다. 부득이하게 휘말리는 것 같기도 했다. 소년의 눈동자는 점점 공허해져 갔다. 너무 공허해서 눈알이 아예 없는 것 같았다. 나중에는 소리까지 들려왔다.

"거기 있지 말고 어서 나와요. 나랑 같이 그곳으로 가요."

다정하고 따뜻한 목소리에 이어 들려온 피리 소리가 나를
멍청하게 만들어 놓고 있었다. 혼을 빼먹은 것이다. 왠지 피리
소리를 따라가면 아늑하고 안온한 집이 나올 것 같았다. 그곳
이 어딘지 궁금해진 나는 텅 빈 몸을 틀어 소년의 피리 소리
가 들리는 쪽을 향해 천천히 걸음을 옮겼다.

115

그가 아니었다면 아마 난, 나를 쳐다보던 매혹적인 소년의
눈(目)과 목소리를 따라가고 말았을 것이다.

"어디 가요!"

내 행동이 이상해 보였는지 그가 문 앞에서 나를 거칠게
돌려세웠다. 내가 최면에 걸린 듯 정신을 못 차리자 그는 뺨
을 세게 때렸다. 그런데도 정신이 돌아오지 않자 밖에서 눈을
한 줌 집어다 내 얼굴에 대고 마구 문질렀다. 그러고는 뺨을
한 대 더 쳤다. 그제야 최면에서 벗어난 듯 어깨를 부르르 떨
었다. 몹시 추웠고, 뺨이 얼얼했다.

"눈이 마주쳤죠? 그죠?"

나는 겁을 잔뜩 집어먹은 얼굴로 고개를 끄덕였다. 호흡은 가빠졌고, 줄을 놔 버린 마리오네뜨처럼 다리의 힘은 이미 풀린 상태였다.

　"목소리도 들었어요. 여기 있지 말고 자기랑 같이 가재요. 그리고 피리 소리도."

　"정신 똑바로 차려요. 저들은 악마예요."

　더 이상 지탱하고 서 있을 수가 없었다. 그가 나를 부축해 난롯가로 데려다 앉힌 후 농도 짙게 커피를 타 줬다. 그에게 남은 마지막 커피였다. 그러고 건전지로 돌아가는 시디플레이어를 틀어 평소 내가 좋아하던 음악을 들려줬다. 음악이 흐르는 동안 그는 난로에 뜨겁게 데운 손바닥으로 눈에 젖은 내 얼굴을 비벼 주었다. 나는 음악을 들으며 단숨에 뜨거운 잔을 비웠다. 설탕을 많이 넣어 커피는 아주 달았다. 카페인 때문인지 당분 때문인지 아니면 음악 때문인지 머릿속은 금세 투명해졌다. 내 볼을 여전히 감싸고 있는 그의 커다란 손바닥 때문인 것 같기도 했다.

114

　"나도 피리 소리에 홀릴 뻔한 적이 있었어요."

얼굴에 손을 갖다 대고 있는 내게 그가 미안한 듯 말했다. 뺨을 때린 건 어쩔 수 없었으니 이해해 달라는 표현으로 들렸다.

"언제요?"

"한 달 전에요."

"어떻게 이겨 냈어요?"

"반이 바짓가랑이를 물고 안 놔줬어요."

"하마터면 따라갈 뻔했네요."

"그래요. 하마터면."

"하마터면 못 만날 뻔했네요."

"하마터면요."

아직도 따끔거렸지만 나는 일부러 뺨에서 손을 뗐다. 그는 내가 비운 종이컵을 또와 아주머니와 같은 방식으로 구겼다. 그러고는 궁금증이 가득한 목소리로 물었다.

"여자였어요, 남자였어요?"

"그쪽은요?"

"늙고 사악하게 생긴 여자요."

"전 남자요. 그것도 아주 앳된 소년이었어요."

"어떻게 생겼는데요?"

"제 이상형이었어요."

"이상형요?"

"신기할 정도로 매력적이었어요."

"결국 외모에 홀렸다는 거군요."

"……"

"대답을 못하는 걸 보니 맞는 모양이네요."

"목소리도 근사했어요."

"대체 목소리가 어땠는데요?"

"질투하는 거예요?"

"질투는 무슨. 그래 봤자 어린애잖아요."

그가 마음을 들켜서 당황한 듯 난로 속에 쓸데없이 장작을 자꾸 집어넣었다. 나는 조금 기분이 좋아졌다. 질투는 나만 한다고 생각해서 억울했는데 그게 아닌 것 같아 속으로 조용히 웃었다. 혼자서 실컷 웃고 난 뒤 그에게 말했다.

"아까 그 소년, 그쪽이랑 닮았어요."

그가 눈썹을 치켜세우며 나를 똑바로 쳐다봤다.

"어릴 적 모습이 꼭 그럴 것 같았어요. 만약 그쪽을 닮은 아들을 낳는다면 분명 그렇게 자랄 거예요."

그제야 그의 마음이 좀 풀어진 듯했다. 그런데 말하고 났더니 불현듯 이상한 생각이 들었다. 혹시 내가 잠깐 우리의 미래를 보고 온 걸까, 하는. 아니면 미래이길 바라서 스스로 만들어 낸 환영인 걸까, 하는.

"우리에게도 미래가 있을까요?"

풀린 듯했던 그의 얼굴이 내 말에 다시 어두워졌다.

113

미래를 생각하다 문득, 미국 드라마 한 편이 떠올랐다. 본과 4학년 때 미드 매니아인 동기 추천으로 「환상특급」이란 제목의 드라마를 본 적이 있었다. 그 드라마는 1980년대에 티브이를 통해 방영된 적이 있었다고 했다. 동기는 자막도 입혀 있지 않은 파일을 시험에 지쳐 있던 내게 툭 던져 주고 술을 마시러 가 버렸다. 나는 적막한 도서관에 홀로 남아 헤드셋을 쓰고 노트북을 켰다. 아주 오래전에 제작된 영상이라 송출된 화면은 촌스럽고 희미했다. 하지만 스토리는 충격적일 정도로 세련되고 신선했다.

충격은 첫 회부터 시작되고 있었다. 주인공으로 등장한 주부는 시끄럽고 부산한 자녀들과 이웃 때문에 매일 전쟁을 치르는 사람이었다. 그녀의 소원은 소음 없는 조용한 환경에서 하루라도 여유롭게 살아 보는 것이었다. 그러던 어느 날 그녀는 정원에서 땅을 파다 나무 상자 하나를 발견하게 된다. 상자 안에는 해시계 모양의 목걸이가 들어 있었다. 목걸이에는 신비한 마력이 깃들어 있었는데, 그걸 목에 걸고 "조용히 해!"

라고 말하면 지구상의 움직이는 모든 것들이 멈추게 된다는 설정이었다. 하늘을 날던 새도, 분수가 뿜어내는 물줄기도, 덩크슛을 하던 사람도 그 상태로 정지해 버렸다. 목걸이를 걸고 있는 그녀만 빼고서 말이다. 시간을 얼려 버리는 것이었다. 그녀는 혼자서 느긋하게 쇼핑을 즐기거나 한가하게 거리를 산책하고 싶을 때면 그 주문을 외쳤고, '시작' 하고 명령을 내리면 멈추고 얼었던 모든 것들이 원래대로 돌아가 다시 움직였다. 드디어 그녀가 소원을 이루게 된 것이었다.

하지만 계속될 것만 같던 행복도 잠시, 어느 날 그녀는 미국을 향해 소련이 핵미사일을 발사했다는 소식을 뉴스 속보를 통해 접하게 된다. 세계는 순식간에 아수라장이 됐고, 불안과 공포에 떨며 안절부절못하던 그녀는 미사일이 본토로 떨어지려는 순간 "조용히 해!"라고 외치고 만다. 주문은 그녀를 제외한 모든 것들을 정지시킴으로써 세계를 핵으로부터 안전하게 지켜 낸다. 그리고 이야기도 거기서 멈춘다. 주문을 풀지 않으면 그녀는 움직이지 않는 지구에서 혼자 살아가야 하고, 주문을 풀면 인류에게는 엄청난 변고가 닥치게 된다는 딜레마를 남긴 채로. 공중에 사선으로 걸려 있는, 굵은 연필처럼 생긴 미사일을 보여 주며.

"그쪽이라면 어떻게 할래요?"

'특급'에 걸맞은 환상적인 이야기를 마친 내가 그에게 물었다. 복잡한 표정의 그는 한동안 말이 없었다.

"네?"

나의 재촉에 그가 대답했다.

"주문을 풀래요."

"왜요?"

"혼자 남겨지는 것보다는 곁에 있는 사람과 죽는 편이 덜 불행하지 않을까요."

"……"

"같은 순간을 살다, 같은 순간에 죽는 것. 해인 씨는요?"

"……"

"왜 대답 안 해요?"

"저도요."

정말 우리가 하는 얘기를 엿듣고 있었던 걸까. 반이 자기도 그렇다는 듯 내 말에 멍, 하고 짖었다. 하지만 저마다의 눈동자는 모두 불안하게 흔들리고 있었다. 내게 마법의 목걸이가 있다면 그 움직임만은 멈추게 하고 싶었다. 그들의 불안이 아니라 그들의 불안을 지켜봐야만 하는 나의 불안을 위해서. 그러나 굳이 주문을 외치지 않아도 세상은 작동을 멈춘 지 이미 오래였다. 다만, 주문이 통하지 않는 하늘에서는 여전히 회색 눈이 무자비하게 내리고 있었다. 그것은 마치 드라마 속 핵미사일 같았다. 지구를 재앙에 빠뜨릴, 하늘에서 쏟아지는 수억 개의 핵의 씨앗들. 어떤 주문에도 흔들리지 않고 계속해서 흩날리는 시간의 파편들.

111

식사 후에 나쁜 습관처럼 찾아오는 식곤증 때문인지 아니면 뜨거운 난롯불 때문인지 졸음이 몰려오기 시작했다. 반은 이미 눈을 �꽉 감고 모처럼 긴 잠에 빠져 있었다. 그는 졸음을 참기 위해 구두 손질에 여념이 없었다. 일분일초가 아깝고 소중한 순간에 잠이 오다니, 나 자신에게 화가 나려고 했다. 그들의 말이 맞다면 지금 당장 30분을 졸아 버리면 5년이란 엄청난 시간을 허비하게 되는 셈이었다. 잠은 나중에 얼마든지 잘 수 있었다. 오늘의 잠은 오늘의 죽음만큼이나 불온한 것이었다. 나는 눈처럼 쏟아지는 수마(睡魔)를 쫓기 위해 자리에서 벌떡 일어나 서리가 두껍게 깔린 유리창에 손바닥을 갖다 댔다.

유리는 놀랍도록 싸늘했고, 회색시의 사정은 내 부적절한
잠을 혼내기에 충분했다. 창밖으로 침침하게 보이는 시의 광
경은 잠을 깨우다 못해 영혼까지 놀라게 하고 있었다. 보고
또 봐도 익숙하지 않아서였다. 도시의 모습은 빨간 눈에 덮였
을 때보다 오히려 낯설었다. 그때의 도시인들은 많이 당황했
지만 빨간 눈을 받아들이려고 노력했었다. 하지만 겁주려는
듯 느닷없이 빨간색은 숯색으로 바뀌었고, 다시 숯눈을 수용
하려 애썼음에도 약 올리려는 듯 어둡게 내리던 숯눈은 회색
으로 바뀌었다. 숯눈을 보며 사람들은 검은 꽃잎이 떨어지는
것 같다고 한입으로 말했다. 그런데 세상에 검은 꽃이 있을
까. 꽃이 검다면 그걸 꽃이라 불러도 되는가.

　파국은 회색 빛깔을 머금고 우리에게 조금씩 다가왔지만
막상 회색 눈이 내렸을 때 사람들은 놀라지 않았다. 색깔이
점점 옅어지고 있다는 증거라면서 오히려 회색 눈을 반기고
환호했으며 그 사실에 고무되었다. 다음번에는 제대로 된 깨
끗한 흰색 눈이 내리게 될 거라 기대하면서. 하지만 그 뒤로
더 이상 눈의 색깔 변화는 없었다. 당시 사람들은 빨간 눈에
덮인 도시가 타살당한 도시 같다면 회색 눈이 쌓인 도시는
구타당한 도시 같다고 표현했다. 적절한 비유였다.

나는 유리창에 내려앉은 서리 더께를 손톱으로 긁어내고 다시 창밖을 내다봤다. 회색시와 회색인은 그림자를 잃은 지 오래였지만 그 자체가 거대한 검은 그림자 덩어리나 마찬가지였다. 멍자국 같은 얼룩덜룩한 구름들이 만들어 낸 어둠을 이불처럼 둘러쓰고 잠에 빠진 회색시는 언제 깨어날지 알 수 없는 수면병 걸린 환자의 모습이었다. 하늘은 늘 그늘이어서 회색시는 불면의 고통을 조금도 모르는, 영원히 해가 뜨지 않는 그늘의 도시이자, 얼룩의 도시이자, 잠의 도시였다. 그러나 도시를 잠에 빠뜨린 그 하늘은 다크서클을 달고 사는 불면증 환자처럼 늘 깨어 눈 만드는 일을 했다. 하늘은 도산 위험이 전혀 없는 거대한 눈 공장이었다.

109

잠의 도시답게 사람들은 길을 걷다가도 옆 사람과 이야기를 나누다가도 픽픽 쓰러지거나 그대로 바닥에 누워 버리기 일쑤였다. 막대기처럼 가느다래진 사람들은 쏟아지는 회색 눈에 위태롭게 휘청이다 결국은 넘어졌다. 더러는 일어났지만 대부분은 그대로 주저앉았다. 일어나지 못하면 삶은 그걸로 마감되었다. 용케 일어났더라도 한번 주저앉은 사람은 조만간 다시 무너지게 되어 있었다. 그저 마감이 잠시 연기될 뿐이었다.

지금도 거리에는 누워 버린 사람들이 속출하고 있었다. 간신히 버텨 잠의 유혹에서 벗어난 사람들은 자기 길을 방해했다는 이유로 쓰러진 자들을 무참히 짓밟고 지나갔고, 일말의 양심을 지닌 자들은 쓰러져 있는 사람들을 비껴서 자기 길을 갔다. 불현듯 그때 컨테이너 박스 안의 그림자가 크게 호를 그리며 흔들렸다. 폐병 걸린 지구의 기침이 다시 시작된 것이었다. 해수(咳嗽)의 강도는 먼젓번보다 심했다. 그게 좀 더 가까워졌다는 전갈일까. 어딘가에서는 건물이 깨지고, 바닥이 갈라지고, 그 틈새로 각혈을 토하듯 붉은 용암이나 가스가 뿜어져 나오고 있을 것만 같았다. 백열등이 천장에 닿을 정도여서 창틀을 붙잡고 서 있는 나보다 그림자가 더 격렬하게 좌우로 움직였다. 밖에서는 혼돈에 빠진 사람들의 비명이 연이어 들려왔다.

그런데 그 순간, 내 눈에 이상한 광경 하나가 포착되었다. 잠의 도시에서는 수면을 취하려고 자리에 잠시 누운 자들을 건드리지도 않고 관심조차 갖지 않는데, 허리 구부러진 사람 하나가 바닥을 붙들며 누군가를 깨우려 하고 있었다. 비록 어둠과 쏟아지는 회색 눈 때문에 실루엣만 희미하게 보였지만 다급한 상황이란 걸 짐작할 수 있었다. 허리가 휜 사람은 회색 행렬을 향해 손을 뻗어 도움의 신호를 보냈다. 하지만 아무도 돌아보지 않았다. 회색인들은 스스로를 구제하기에도 바쁜 사람들이었다.

108

지구의 기침이 그치자, 나는 그들을 향해 무작정 몸을 틀었다. 직업적인 본능에서 나온 행동이라 해도 좋을 것이다. 아니 어쩌면 나는 이렇게 함으로써 아직은 회색인과 다른 부류에 속하는 사람임을 확인받고자 하는 것인지도 모르겠다. 잠의 도시에서 자지 않고 깨어 있는 사람이란 걸 말이다. 내가 문을 열고 나가려 하자 그가 잽싸게 자리에서 일어나 내 손목을 낚아챘다. 아팠다.

"정신 차려요. 또 눈이 마주친 거예요?"

"아니에요."

"그럼요?"

"시간이 없어요!"

나는 그의 손을 뿌리치고 밖으로 뛰쳐나갔다. 그도 뒤쫓아 나왔다. 나는 그들이 있는 곳에 도착하기까지 세 번이나 눈밭에 고꾸라져 넘어져야 했다. 그도 마찬가지였다. 눈을 이불 삼아 눈 속에서 자고 있던 사람들이 그와 내 발목을 잡아채서였다. 가지 말라고. 가게 되면 너희들도 별 수 없이 홀리게 될 거라고. 하지만 따라가는 일은 결코 없을 것이다. 내겐 그와 반이 있었다. 말하자면 이유들이었다.

107

운두 깊은 관 속에 놓여 있는 것처럼, 눈밭에 반듯하게 누워 있는 사람은 허리 굽은 노인의 아들이었다. 늙고 가죽만 남은 아들은 급격한 추위와 지진에 놀라 심장마비를 일으킨 것으로 보였다. 나는 곧바로 인공호흡과 심폐소생술을 실시했다. 끊임없이 내리는 회색 눈이 아들의 몸을 점점 지워 나가고 있었다. 말하자면 그것은 관 뚜껑이었다. 온몸을 지워 내려는 회색 눈과 치우려는 나 사이에 치열하고도 기나긴 사투가 벌어졌다. 뚜껑을 치우려는 내 능력이 닫으려는 회색 눈보다 조금만 앞서도 이기는 게임이었다. 내가 지치자 그가 대신 늙은 아들의 가슴에 깍지 낀 손을 얹어 펌프질을 했다. 그의 도움으로 우리의 노력은 한층 빠르고 맹렬해졌다. 그와 나는 번갈아 가며 꽁꽁 언 손으로 쉬지 않고 펌프질을 했다. 행렬은 동요하지 않고 스틱으로 얼음 바닥을 깨부수며 우리

곁을 스쳐 지나갔다. 그들은 구경조차 하지 않았다. 관심도 없었다.

그때 늙은 아들의 몸이 점점 따뜻해지는 게 느껴졌다. 우리는 더 바빠졌다. 나중에는 늙은 아들이 스스로 눈을 거둬 냈고, 눈꺼풀을 들어 올렸고, 입을 벌렸다. 잠에서 깨어난 것이었다. 뚜껑이 닫히기 직전에 먼저 관 속에서 허리를 세우고 일어난 것이었다. 늙은 아들의 벌어진 입술 사이로 여리지만 뜨뜻한 입김이 새어나왔다. 회색 눈과의 싸움에서 이긴 것이었다. 나와 그와 늙은 아들이. 그리고 늙은 아들보다 더 늙은 어머니가.

106

노모와 늙은 아들은 서로를 부축한 채 회색 행렬 속으로 다시 합류했다. 뒤돌아 잠깐 우리를 쳐다본 것도 같았지만 금세 회색 눈 속으로 사라져 버렸다. 그들이 웃었던가. 그저, 웃었기를 바랄 뿐이었다. 그와 나도 서로를 의지한 채 컨테이너 박스 쪽으로 걸음을 옮겼다. 그새 눈이 한가득 쌓여 방향을 잃을 뻔했지만, 틈새를 내놓지 않으려는 눈발 사이로 전깃불이 간신히 보여서 우리가 가야 할 길을 찾을 수 있었다. 얼마나 추운지 뼈마디가 얼어 가는 게 느껴졌다. 그때 그가 뒤로 팔을 뻗어 내 손을 꽉 움켜쥐었다. 그의 손은 혹한 속에서도 따뜻했다. 내 손도 그에게 이만큼 따뜻할까. 혹시 찰까 봐 나는 그의 손을 힘껏 잡아 주었다.

내 손을 붙들고 그가 먼저 발자국을 내며 어둠과 짙은 눈폭풍을 헤쳐 눈길을 걸어갔다. 책 속에 넣어 둔 압화(押花)가 떨어진 것처럼 발자국이 홀로 놓여 있었다. 나는 그의 회색 발자국 속으로 내 발을 담그며 눈밭을 건넜다. 그래서 여전히 발자국은 혼자였다. 그러나 한 쌍이었다. 발자국이 너무도 깊어서 거기에 물을 채우면 우물이 될 것 같았다. 어둠에 차갑게 잠긴 그의 목소리가 앞쪽에서 희미하게 들려왔다.

"잘한 걸까요?"

"저에게는요."

나는 들리지 않을까 봐 그의 발자국을 덧밟으며 뒤에서 큰소리로 대답했다.

"의미가 있는 일이었을까요?"

발음을 보니 그의 입술과 혀는 많이 굳어 있는 상태였다.

"노모에게는요."

"달라진 게 있을까요?"

"아들에게는요."

"잘된 걸까요?"

"우리에게는요."

컨테이너 박스에 도착할 때까지 우리 두 사람이 지나간 길에는 한 사람의 발자국만이 둥그렇게 찍혀 있었다. 공기마저 얼어붙게 하는 추위였지만 함께이고 하나여서 다행이었다. 덩그러니 뒤에 혼자 남아 있을 우리의 발자국 때문일까. 나는 가다 말고 괜히 한번 뒤돌아봤다. 저게 혹시 우리가 지상에 남기는 마지막 발자국일까 싶어서. 그것의 윤곽은 무뎌지고 퇴화되어 보는 자리에서 사라지고 있었다. 홀로 남겨진 것보다는 흔적도 없이 사라지는 쪽이 나으려나. 눈은 그렇게 발자국을 없앰으로써 누군가가 살아 있다는 사실을 지웠다. 그 속도가 하도 빨라 항상 놀랐다.

105

그게 온다고 한다.

그 말의 진위 여부를 떠나 우리는 방금 한 사람을 회색 눈으로부터 지켜 냈다. 천 번을 생각해도 누구를 위해서든 옳은 일이었다는 사실에는 변함이 없을 것 같았다.

난로 주변으로 여름 한낮의 아지랑이가 어지럽게 피어올랐
다. 울퉁불퉁한 유리를 통해 사물을 볼 때처럼 아지랑이 뒤
에 놓인 물건들이 흐리고 물러졌다. 그러고 보니 여름은 우리
에게 그리운 계절이지만 잊혀진 계절이었다. 날짜상으로 이번
달은 분명 더워야 하지만 우리의 연애는 줄곧 두텁고 무거운
겨울뿐이었다. 현재로서는 도저히 맨살을 내놓고 지내는 여
름 날씨를 기억해 낼 수도 상상해 볼 수도 없었다. 지금의 추
위를 생각하면 더운 게 아니라 따뜻한 것에 불과할 것 같은
한여름의 기후. 그 여름이 얼마나 무더웠으면 우리의 옷은 얇
고 짧아질 수밖에 없었을까. 여름의 풍요가 지금은 이토록이
나 그리운데 그 시절의 우리는 왜 잠시도 못 참고 에어컨을
쌩쌩 틀어야만 했을까. 우리에게도 다른 계절이 있게 될까. 그
어디서도 다른 계절들이 주고 간 흔적이나 남겨 놓고 간 상처
를 찾아볼 수 없었다. 그가 넋 놓고 앉아 있는 내 팔을 가만
히 흔들었다.

"무슨 생각을 그렇게 골똘히 해요."

"네?"

"몇 번을 불렀는지 알아요?"

"왜요?"

"혼을 놓고 온 사람 같아서요."

"……"

"아까 그 사람들이 걱정돼서 그래요?"

"부모님이랑 여동생 생각을 하고 있었어요. 잘 있을까요?"

그는 대답하지 못했다. 누구도 알 수 없는 안부였다.

103

더운 걸 좋아해서 여름이 되면 냉장고 한가득 아이스크림을 넣어 두고 매미 소리를 들으며 밥 대신 그것만 챙겨 먹었던 여동생. 아이스크림만이 낼 수 있는 여름 맛을 점점 잃어 가고 있다며 우울해하던 여동생과 나는 마지막 밤 내 방 침대에서 같이 잠을 잤다. 음산한 눈보라가 집에 달린 모든 문을 해코지하고 지나가던 밤이었다. 과하게 마신 술 때문에 잠이 깊이 들었을 거라 생각했던 동생이 감기 든 목소리로 나를 부른 건, 문들이 동시에 숨을 참듯 조용해질 때였다.

"언니, 자?"

"아니. 왜 안 자고."

"잠이 안 와서."

"아까 술 많이 마셨잖아."

"나 술 세잖아. 언니는?"

"나도 잠이 안 와서."

"……"

"아침 일찍 출발하려면 지금 자 둬야 할 거야."

동생은 한참 동안 말이 없었다. 그러다 곧 입을 열었다.

"언니."

"응."

"매미가 어떻게 울지?"

"맴맴 하고 울지."

"그렇지."

"그건 왜?"

"잊어버릴 것 같아서."

"잊어버리면 내가 알려 줄게."

긴 침묵이 어색하지 않게 흘렀다.

"언니."

"응."

"내가 속으로 언니 많이 미워했던 거 알아?"

"왜 몰라."

"이유도 알아?"

"응."

"언니는 늘 나보다 잘났었어. 엄마 아빠도 언니밖에 모르고."

"장녀니까, 장녀라 그랬던 거야."

"알아. 나도 이젠. 내가 엄마 아빠였어도 그랬을 거야. 내가 속을 좀 많이 썩이긴 했지. 하라는 공부는 안 하고 하지 말라는 짓만 골라서 하고."

동생은 또 한참 말을 안 하다 입을 열었다. 아까보다는 숙연해진 목소리였다.

"언니."

"응."

"정말 같이 안 갈 거야?"

"미안해."

"우리보다 그 사람이 더 소중해?"

"둘 다 소중해."

"근데 왜?"

"그 사람한테는 내가 필요해."

"우리도 필요해."

"우린 혼자는 아니잖아."

"혹시 나 때문이야? 내가 미워서?"

"난 너 미워한 적 한 번도 없어."

"정말?"

"응."

"그럼 같이 가자."

"그 사람과는 추억이 별로 없어."

"장녀잖아. 언니는."

마음을 무겁게 하는 낱말이자, 내가 가족에서 중요하게 차지하고 있는 위치였다.

"넌 나보다 훨씬 잘 해낼 거야. 내가 지금 안심하는 것도 엄마 아빠 옆에 네가 있기 때문이야."

"……."

"그래도 힘들면 언제든 돌아와. 집으로."

동생의 깊은 숨소리가 들려왔다.

"무섭니?"

"하나도."

"역시."

"뭐가?"

"넌 늘 나보다 강했어."

"언니보다 내가 키도 크고, 덩치도 있고, 힘도 세긴 하지."

"그런 의미에서가 아니야."

"알아. 설명 안 해도. 의대는 나처럼 겁 없는 애가 들어갔어야 했는데. 해부학 실습쯤은 언니처럼 질질 안 짜고 뚝딱 해치웠을 텐데. 어렸을 때 개구리 배 먼저 가르기 내기에서 이겼던 게 누군지 기억하지? 맨손으로 지렁이를 토막 낸 것도. 언니는 의대를 원하지도 않았고, 적성에 맞지도 않았었잖

아. 다 엄마 욕심이었지. 할 줄 알고, 해 본 거라곤 공부밖에 없는 불쌍한 바보."

동생이 내 쪽으로 돌아누우며 잠긴 목소리로 말했다.

"편지할게. 도착하면."

"그래."

"인편이든 뭐든 꼭."

"꼭."

"그때는 오는 거다."

"그래, 꼭."

"아, 안심하고 매미 우는 소리 잊어버리고 있어도 되겠구나."

나는 내가 가장 아끼던 목걸이를 풀어서 동생 손에 쥐어 주었다. 새끼손가락보다 작은 모래시계가 액세서리로 달린 목걸이였다. 태엽을 감아 줘야 하는 태엽 시계처럼, 뒤집어야만 시계 기능을 하는 모래시계는 평소 내가 좋아하는 물건이었다. 안쓰럽도록 홀쭉한 모래시계의 허리 부분은 특히 더 좋아했다. 조그마한 힘에도 뚝, 하고 부러질 것 같은 얇고 가는 유리. 그 허리로 고운 모래가, 시간이 지나가면 괜히 등이 간지러워졌다. 목에 걸게 되어 있는 그것의 모래는 항상 바닥에 모여 있어서 시간을 재지 않았다. 키도 크고 덩치도 있고 힘도 센 동생이 이불 속에서 내 손을 움켜쥐었다. 처음이었다. 그 강한 힘은 약속을 말하는 것이었다.

강한 의지를 가진 동생은 어떻게든 약속을 지킬 애였다.

"집에 잠깐 다녀올까 해요."

나는 자리에서 벌떡 일어나며 그에게 말했다.

"갑자기 왜요?"

"혹시 편지가 도착했을지 몰라서."

하지만 속으로는 동생이 매미 우는 소리를 잊어버렸을지 몰라서, 라고 대답했다.

"배달해 줄 사람이 없잖아요."

"어쩌면 사명감을 가진 사람이 한 명이라도 남아서, 이미 도착했는데 배달이 조금 늦어지는 것일 수도 있어요. 그게 오늘일지도 모르고요. 약속을 안 지킬 사람들이 아니에요."

"안 지킨 게 아니라 지킬 수 없는 상황에 처해 있는지도 몰라요."

"이럴 때도 좀 긍정적으로 말해 주면 안 돼요?"

"화났어요?"

"……"

"다 해인 씨를 생각해서 그러는 거잖아요. 위험하니까요. 눈도 많이 오고 또……"

"또 뭐요?"

"가더라도 내일 가요. 오늘은 지나가게 내버려 두자고요. 하루만 참아 봐요. 오늘만 지나면……"

"지나면, 세상이 바뀌기라도 한대요? 천지가 개벽이라도 하냐고요."

"적어도 뭔가를 해 볼 수는 있잖아요."

"뭘요?"

"그것까지는 몰라요."

"모르는 게 아니라 생각할 수가 없는 거겠죠."

"만약에 편지가 도착해서 가족들이 오라고 하면 갈 거예요?"

"갈 거예요."

"지금 당장 갈 거예요?"

"약속했어요. 간다고."

약속했어요. 매미 소리 알려 준다고.

"나랑 반이를 두고 갈 거냐고요?"

"같이 가면 되잖아요."

"난 안 가요. 반이도 저 상태론 무리예요."

"가만히 앉아서 당하는 것보다 살아갈 수 있는 방법이 있을지도 모르잖아요."

"그게 방법이라면 돌아온 회색인도 있어야 하는데 한 명도 없잖아요. 소문도 없고."

"잘 살고 있어서 안 오는 걸 거예요. 너무 잘 살아서 이쪽 상황을 까맣게 잊어버려서 그런 건지도 몰라요."

"부모님과 여동생은 회색인한테 감염돼서 그런 식으로 해인 씨를 유혹하려는 거예요. 설사 편지에 오라는 내용이 적혀 있다고 해도 그 말을 믿어선 안 돼요. 함정이에요. 유인하는 거라고요."

"뭘 믿고 그렇게 확신해요?"

"그냥 내 생각이 그렇다는 거예요."

"혹시 나한테 숨기는 거 있어요?"

"없어요."

"정말요?"

"행렬이 도착한 곳이 사람들이 말하는 끝인지도 몰라요."

그가 방금 한 말은 내가 속으로 생각하고 있던 것과 똑같은 것이었다. 그래서 놀랐다. 나는 자리에 주저앉으며 매미 소리를 잊어버릴까 봐 속으로 맴맴, 하고 울며 물었다.

"그럼 도대체 사람들을 그런 식으로 유인하고 함정에 빠뜨려서 어쩌려는 거죠?"

그가 내 어깨에 가만히 손을 얹으며 말했다.

"그걸 누가 알겠어요. 피라미드 꼭대기를 꿰차고 있는 놈들만 알겠죠."

빨간 비가 내릴 때만 해도 도시는 그런대로 기능했지만 회색 눈은 도시를 삽시간에 어둠과 공포로 몰아넣었다. 그것은 사람의 것이라면 남김없이 빼앗아 갔다. 쓸모없다고 넘겨짚은 그림자마저도. 물론 도시가 회색빛에 잠긴 후 통신망 또한 한날한시에 끊겨 버렸다. 인터넷도 되지 않았고, 휴대폰도 불통이었으며, 티브이와 라디오의 전파조차 잡히지 않았다. 신문 인쇄가 중단된 지도 오래였다. 그래서 사람들은 소식을 전하지 못하고 전해 듣지도 못했다. 들려오는 소문이라곤 대개가 정체와 출처가 불명확해서 믿어야 할지 말아야 할지 망설이게 했다. 자정이 되면 눈 속에 파묻혀 있는 시체들이 깨어나 집단으로 춤을 춘다는 으스스한 이야기까지 나도는 상황이었다.

그러나 언제부턴가 사람들에게 '소문'은 귀중한 매스컴이 되어 있었다. 그들은 스스로 뉴스를 만들어 소문이란 방식으로 퍼뜨렸고, 소문은 신문과 방송의 역할을 대신 해냈다. 그가 말한 피라미드 꼭대기에 앉아 있는 놈들이 모든 매스컴을 장악해 버렸기에 자연발생적으로 생겨난 매체였다. 꼭대기를 차지한 자들은 무엇 때문인지 뉴스와 정보를 대중으로부터 차단하고 격리시키려 했다. 대중을 보호하기 위한 조치인지 소수의 안위를 지키려는 꼼수인지 알 수 없었다. 그는 후자라고 단정 지었다. 그래야만 소수 권력자들이 자신을 살려 줄 공간을 대중들에게 빼앗기거나 침범받지 않을 것이기에. 말하자면 지금 행렬이 향하고 있는 곳은 권력자들이 피신해 있는 곳과 정반대거나 전혀 엉뚱한 장소라는 것이다.

그렇다고 대중이 가만히 넋 놓고 있어 온 건 아니었다. 사람들은 재빨리 소문을 만들어 진실을 폭로하려고 했다. 그게 온다는 말도 그런 식의 경로를 거쳐 우리에게 도착한 불길한 소식 중 하나였다. 하지만 소문이 소식이 되고, 소식이 소문이 되는 일이 빈번하다 보니 누구도 그 말의 진위 여부를 판가름할 수 없었다. 소문이란 온갖 소음과 잡음을 달고 어디든 앉았다가 또 어디로도 날아가는 것이라서 신빙성에 대한 우려를 표했다. 그러나 많은 사람들은 공짜로 듣는 그 정보의 사실 유무를 중요하게 생각하지 않았다. 신문과 방송의 기사가 모두 진실일 거라 단정할 수 없듯이.

다만 그날이 다가올수록 그 소식을 믿는 자들과 세계는 점점 혼돈 속으로 빠져들었다. 소문이 퍼지는 속도만큼 신봉자들도 속출해서 세계는 더 이상 우리가 알고 지내던 모습이 아니었다. 세계는 미치광이가 되어 있었고, 분명 역행하고 있었다. 진실은 시간만이 알고 있었다. 약속처럼 정해진 시간을 허비해야만 알 수 있는 것이다. 무수히 많았던 역사 속 끝에 대한 모든 소문의 결론이 그러했듯이.

바닥에 배를 깔고 힘없이 눈을 끔뻑이고 있던 반이 갑자기 코를 킁킁거리더니 으르렁거리기 시작했다. 소리를 뱉어 낼 때마다 콧잔등이 실룩였고, 납작하게 처져 있던 귀도 위로 들렸다.

"그 자식이에요."

그가 솔질을 하고 있던 에나멜 구두에서 구둣솔을 잠시 떼더니 시큰둥하게 말했다.

"그 자식이 누군데요?"

"졸부요."

"졸부요?"

구둣솔은 다시 구두를 세게 문질렀다.

"이 시간만 되면 꼭 찾아오는 정신 나간 놈 하나 있다고 했잖아요."

그에게 언젠가 들은 적이 있었던 것도 같았다. 하지만 얘기만 들었을 뿐 만난 적은 없었다. 신통하게도 반은 '그 자식'이 방문할 거란 걸 10미터 전부터 발소리와 냄새로 미리 알아챈다고 했다. 반은 그에게 인터폰이나 초인종 같은 존재였다.

반의 고지대로 잠시 뒤 진짜 '그 자식'이란 작자가 노크도 하지 않고 무례하게 문을 열고 쳐들어왔다. 남자의 손에는 무지개 빛깔이 순서대로 나열된, 아주 큼지막한 우산이 들려 있었다. 그것이 백열등을 가려서 컨테이너 박스 안은 불이 나간 듯 어두워졌다.

문을 열고 들어와 한참 뒤에 우산을 접는 걸 보면 그의 말대로 '정신 나간 놈'이 분명한 것 같았다. 반에게도 반가운 손님은 아닌 듯, 순하고 얌전하던 반이 남자를 보자마자 힘없는 다리를 박차고 일어나 물어뜯을 기세로 짖어 대기 시작했다. 남자가 접힌 우산으로 때리려는 시늉을 했을 때는 덮치려고 등을 둥그렇게 세웠다. 내가 반의 얼굴을 끌어안고 진정시키려 해 봤지만 반은 좀체 화를 삭이지 못했다. 입 사이로 침까지 흘러나와 바닥으로 떨어졌다.

"저 자식은 왜 나만 보면 못 잡아먹어 안달일까."

"사람을 볼 줄 아는 거지."

그가 입술 끝을 실룩이며 말했다.

"오늘내일한다더니 아직도 안 죽었냐."

"말조심하시죠."

참다못한 내가 나서서 쏘아붙였다. 그런데도 남자의 얼굴에서는 무안한 기색이나 반성의 기미가 보이지 않았다. 믿는 구석이 많은 자식 같았다.

 남자는 거만한 자세로 다리를 떡 벌리고 서서 여유롭게 불을 쬈다.

 "왜 왔어."

 그가 아주 싸늘한 투로 물었다. 그도 저런 인정머리 없는 목소리를 낼 줄 아는 사람이었다는 걸 오늘에서야 알았다. 잠시 딴사람 같다고까지 느꼈다.

 "뜨거운 차 한 잔만 주지?"

 "없어. 있어도 너한테 줄 건 없어."

 "너무하네."

 "왜 왔냐고."

 "궁금해서."

 "뭐가."

 "네 여자 친구가 어떻게 생겼나. 의사라면서요?"

 나는 일부러 시선을 딴 데 두었다.

 "소문대로 미인이시네. 자식 네 주제에 봉 잡았다."

 "봤으면 그만 돌아가."

 "넌 다른 건 몰라도 여자 복 하나는 타고났어. 연희 씨도 참 멋지고 괜찮은 여자였는데. 한 달 전에 우연히 봤어."

 연희. 한때 그의 애인이었던 여자의 이름이었다. 나는 신경이 곤두섰다.

"안 궁금해?"

혹시 그는 궁금한 걸까. 나는 그 여자가 궁금해졌다.

"네 안부를 묻더라. 그래서 다 말해 줬지. 의사 애인이랑 아주 잘 지낸다고. 연희 씨는 아직도 혼자인 것 같던데. 얼굴이 안 돼 보였어."

"너랑 노닥거릴 시간 없으니까 돌아가!"

그는 옛 애인의 안쓰러운 소식을 원치 않게 듣게 되어 불편했을까. 아니면 잘 지내지 못한 애인에게 화가 난 걸까.

"설마 너도 그 말도 안 되는 소문을 믿는 거냐?"

남자가 미친놈처럼 입을 크게 벌리고 웃었다.

"믿든 안 믿든 너랑 무슨 상관인데."

"상관이 왜 없어."

"하긴."

"그렇지. 이제야 진짜 내 세상을 만났는데."

남자가 야비한 표정을 지으며 우산을 다시 쫙 펼쳐 어깨에 걸쳤다. 그러고는 뮤지컬 배우처럼 우산을 신나게 돌리며 제자리에서 한 바퀴 돌았다. 그러자 무지개 색깔이 섞여서 우산은 어둡고 칙칙한 색으로 변했고, 컨테이너 박스도 다시 캄캄해졌다. 우산 끝에 매달려 있던 물방울들은 내가 있는 곳까지 날아왔다. 촉감은 기분 나쁠 정도로 차고 찝찝했다. 그제야 나는 남자가 누군지 알아챘다. 빨간 비가 내리면서부터, 회색시에 눈이 멈추지 않게 된 후부터, 우산을 많이 팔게 됐다는. 그래서 하루아침에 살 만하게 됐다는 '상원'이란 이름의 우산 장수였다. 처음에는 해 오던 대로 수공예 우산을 성실하고 튼튼하게 만들어 정직하게 팔았지만 물량이 달리자 질 낮은 부품을 사용하고, 일부러 금방 고장 나도록 허술하게 만들어 놓고 가격을 올려 받았다는 그 남자.

회색시에서 우산은 하루를 살아 내기 위한 필수품이 되어 있었다. 예전의 하얀 눈이라면 얼마든지 맞고 돌아다녀도 무방했지만 회색시의 눈은 사람들을 불안하게 만들었다. 회색 눈을 맞은 뒤로 머리카락이 한 줌씩 빠졌다는 사람과 두통에 시달린다는 사람, 시력이 나빠졌다는 사람들이 속출하고 있었다. 눈에서는 좋지 않은 냄새까지 났다. 게다가 거세게 몰아치는 눈 폭풍을 이겨 내지 못한 우산은 뼈대가 금방 꺾여 고장 나기 일쑤였다. 회색시는 남자가 졸부가 될 수밖에 없는 여건을 끊임없이 만들어 준 셈이었다. 세계가 변해 감에 따라 부자가 되는 사람도 달라졌다. 햇빛이 쨍쨍하게 비추는 날이면 부채 장수가 돈을 벌고, 날씨가 추워지면 장갑 장수의 수입이 좋아지듯. 졸부가 되어 잘 먹고 살아서 그런지 남자의 이마는 기름기로 번들거렸다. 그 불공평한 번들거림이 못마땅했다.

"그래서 좋냐?"

그가 한심한 뉘앙스로 물었다.

"좋다 뿐이냐, 행복해서 미칠 지경이다."

너무 행복하면 정말 미치는 모양이었다.

"빨간 비는 다시 안 오려나. 그땐 정말 판타스틱했는데. 우산은 눈보다 비지."

"하나만 알고 둘은 모르는 놈."

"내가 뭘 모르는데?"

남자가 비아냥거리며 물었다.

"우산은 사람이 쓰는 거야."

"누가 몰라? 적어도 저런 개새끼가 쓰고 다니는 물건은 아니지."

"사람들이 죽고 있어."

"난 장의사가 아니야. 원래부터 산 사람을 상대하는 장사치였다고."

"한심한 새끼."

"혹시 나보고 관을 짜라는 거냐? 지금 이 상황에서는 뭐, 그것도 꽤 괜찮은 직업이긴 하겠다. 재수 없게 오는 길에 시체에 걸려 넘어졌거든. 근데 주인 없는 시체들이 워낙 많아서

관을 짜 봤자 재산은 못 불리겠더라. 정 신경 쓰이면 구두쟁이 때려치우고 네가 한번 해 보시든지요."

"꺼져!"

그가 남자를 향해 숯덩이를 집어던졌다. 남자가 그 숯을 발로 지그시 밟아 으깨며 말했다.

"바빠서 오래 있고 싶어도 못 있어."

그러고는 남자가 정말 바쁘다는 듯, 싱거울 정도로 곧장 돌아섰다.

"두 번 다신 오지 마."

"안 와."

"오기만 했단 봐. 그땐 진짜 가만 안 둘 테니까."

"안 올 거라고!"

남자가 갑자기 소리를 버럭 지르자 그가 고개를 들어 올렸다. 그러나 남자의 얼굴을 쳐다보지는 않았다.

"이 바닥을 지금 뜰 거거든."

그러면서 남자는 아까 쓰고 왔던 무지개 우산을 벽에 세워 두고 문을 열었다. 문 앞에는 남자가 타고 온 썰매가 세워져 있었다. 그것은 그새 눈에 형태를 빼앗기고 있었다.

"우산은 선물입니다, 제수씨. 튼튼해서 쓸 만할 겁니다. 꽤 오래."

남자가 나를 보고 말했다. 남자의 눈빛은 내 우산이 망가졌다는 걸 꿰뚫고 있었다. 우산 장수 눈에는 우산이 있는지 없는지, 아직 쓸 만한지 바꿔야 할 때가 왔는지 훤히 보이는 모양이었다. 나는 내밀하고 사적인 뭔가를 들켜 버린 것 같아 기분이 언짢았다. 어쩌면 아침에 회색인으로부터 봉변당했던 나를 목격한 건지도 모를 일이었다.

"네가 믿고 있는 게 거짓말이면 얼마나 좋겠냐."

남자는 돌아보지 않고 그 한마디만을 남겼다. 그러고는 미친 사람처럼 깔깔대며 소용돌이치는 눈폭풍 속으로 썰매를 끌고 당당하게 걸어 들어갔다. 그는 남자의 마지막 모습마저 보지 않고 손에 들고 있던 작은 망치로 구두 굽을 두드렸다. 남자가 밖으로 나가자마자 짓이겨진 바닥의 숯이 바람을 타고 검은 눈처럼 흩어졌고, 그림자는 누군가에게 잡아먹힌 듯 순식간에 사라져 버렸다. 섬뜩한 광경이었다. 내가 알기로 남자는 그와 가장 가깝고 오랜 친구였다. 정신 나간 놈으로 변하기 전까지 비슷한 처지의 그와 컵라면을 나눠 먹으며 가난과 곤궁에 대해 자주 얘기하던 사이. 나는 알고 있었다. 그가 친구에게 어디로 떠날 것인지 묻고 싶어 했다는 걸. 하지만 그곳이 어디든 여기와 별반 다르지 않아서 묻지 않았을 것이다. 나는 또한 알고 있었다. 그가 친구에게 뜨거운 차 한 잔 주지 않은 걸 후회하고 있다는 것을.

남자가 사라지고 얼마 안 있어서 반이 발작을 일으켰다. 코에 콧물이 잔뜩 들어차 있었고, 그 때문에 숨을 제때 쉬지 못해 사지를 비틀며 발버둥 쳤다. 몸이 쇠약해진 뒤로 흥분하면 발작 증세를 보이고 있다는 말을 그로부터 들어 왔으나 직접 목격한 건 처음이었다. 의사인 나도 어떻게 손써야할지 몰라 당황한 채 그를 불렀다.

놀란 그가 어디선가 다급하게 유아용 흡입기를 들고 와 반의 콧구멍에 고무 재질의 뾰족한 투입구를 삽입했다. 그러나 낡은 흡입기의 모터는 약해질 대로 약해진 상태라 콧물을 빨아들이기엔 역부족이었다. 세상이 엉망진창이 된 뒤로 무언가를 새로 구하거나 얻는다는 건 이미 어려운 일이 되어 있었다. 그 사이, 가래가 기도 깊숙이 침투해 버렸는지 반의 발버둥은 더욱 격렬해졌고, 눈동자까지 한쪽으로 하얗게 돌아가고 말았다. 상황이 심각해지자 흡입기를 버려두고 그가 직접 반의 코에 입을 대고 힘껏 콧물을 빨아 냈다. 입 안 가득 고인 콧물은 바닥으로 뱉어 냈다. 굵고 노란 콧물이 빨려 나올 때마다 반은 경련을 일으켰다. 그는 같은 동작을 기계적인 빠르기로 수차례 반복했다. 그에게도 반에게도 고통스런 시간이었다.

반의 발작은 다행히 위험한 순간에서 멈췄다. 그러나 정신은 아직까지 온전하게 돌아온 상태가 아니었다. 그는 반의 목덜미 근처를 위에서 아래 방향으로 쓸어내리듯 연신 두드렸다. 콧물을 뽑아 낸 뒤 그렇게 하면 정신을 곧 차린다고 말했다. 그가 알아낸 응급처치였다. 간호를 오래하다 보면 의사보다 더 의사다워지는 때가 찾아온다.

"이게 다 그 자식 때문이에요."

"왜요?"

"그 자식만 왔다 가면 항상 발작을 일으켰어요. 내 인생에 도움이라곤 안 되는 놈이에요."

"이젠 안 온다니까 잘 됐어요."

"내일이 안 오면 그 자식이 한 약속도 소용없는 짓이 돼 버리잖아요."

"내일이 올지도 모르잖아요."

"그럴까요?"

"친구 때문에라도 그랬으면 좋겠어요."

"그러게요."

그는 지금까지 이런 위급한 상황을 몇 번이나 혼자서 겪어 왔던 것일까. 반이는 이런 위기의 순간을 몇 번이나 고통스럽게 넘겨 온 것일까.

"후회해요?"

"뭘요?"

"반을 살려 온 거요."

"한 번도요."

"……"

"이런 식으로 작별하는 걸 상상해 본 적은 없었으니까요."

95

반이를 처음 만났던 날을 기억한다. 늘 가던 병원 출근길이었고, 눈이 쌓였고, 점점 옅어지는 그림자와 짙어지는 강추위 때문에 사람들은 잘 웃지 않았다. 세상은 작심한 듯 우리에게 웃을 일을 주지 않았다. 나 역시 웃으면 안 될 것처럼 표정을 굳히고 우산으로 시야를 가린 채 길을 걸었다. 그때 내 옆으로 꼬리를 흔들며 지나가는 하얀 털의 개 한 마리가 있었다. 많이 오갔던 길이었지만 처음 보는 개였다. 잠시 꿈속인가 싶을 정도로 드문 광경이었다. 폭설에 집을 잃었거나 버려진 개일 거라고 추측했다. 개 같은 건 어떻게 되든 아무도 신경 쓰지 않는 분위기였다. 나이가 좀 들어 보였는데, 눈을 고스란히 맞고도 조금도 추운 기색이 없었다. 눈을 좋아하는 것 같기도 했다. 그렇지만 막연히 춥지 않을까란 생각이 들었다. 나는 우산을 씌워 주기 위해 보조를 맞춰 빠른 걸음으로 그 개를 따라갔다. 그러면서 계속 개를 쳐다봤다. 그 개도 한 번씩 나를 힐끔거리듯 올려다봤다. 결정적으로 그 개는 시종 입을 벌리고 있었는데, 내게는 웃고 있는 것으로 보였다. 도시에서 유일하게 웃을 줄 아는 훌륭한 생명. 과연 이 웃는 개는 어디까지 가는 것일까. 목적지가 있을까. 아니면 그냥 무작정 어디든 가 보는 중일까. 나중에는 개가 나를 인도하고 있다는 느낌이 들었다. 쫓아가다 보면 끝이 있겠지 싶어, 있다면 거기에 무엇이 있을까 궁금해서 계속 따라갔다. 어디든, 그 길 끝에서 나란히 멈추게 되면 저 하얀 털을 장갑 벗은 손으로 쓰다듬어 줘야겠다고 생각했다.

추측대로 오래지 않아 개는 멈췄고, 끝이 있었다. 개가 걸음을 정지한 곳은 춥고 차가워 보이는 컨테이너 박스 앞이었다. 성에가 하얗게 끼어 있어서 벽에 손을 갖다 대면 한동안 떨어지지 않을 것만 같은. 구두를 닦고 고치고 만들고 하는 곳. 자주 오가던 길이었는데 처음 보는 건물이었다. 아마 나한테 필요한 건물이 아니라서 눈에 띄지 않았을 것이다. 내게 신발은 떨어지면 버리는 것이었지 고쳐서 쓰는 물건이 아니었다. 개가 컨테이너 박스 철문을 한쪽 발로 쓱쓱 긁자 문이 열렸다. 다행히 주인이 있는 개였다. 주인 남자는 개의 몸에 쌓인 눈을 맨손으로 털어 주며 오랫동안 눈을 맞췄다. 나는 그 광경을 밖에 서서 숨죽인 채, 눈을 맞으며 지켜봤다. 순간 심장이 꽁꽁 얼어 버리는 듯한 느낌이 찾아왔다. 고약한 날씨 때문이 아니라 오로지 그 남자의 눈빛 때문에. 그것은 아주 아득하면서도 묘하게 퍼져 나가는 기운이었는데, 그 경건한 눈 속에 숨쉬고 있는 건 '사람'이었다. 내가 의대 공부며 병원 냄새로 조금씩 잃어 갔던 인간의 것. 나와 세상이 가져 본 적 없거나 가졌지만 부족하게 가진 걸 그 개의 주인은 제대로 갖고 있었고, 써야 할 곳에 쓰고 있었다. 내가 반한 것이다.

94

열린 컨테이너 박스 문으로 보이던 그 광경은 아직도 내게 한 장의 흑백사진으로 남아 있다. 문의 프레임은 액자가 되고, 그들은 사진 속 천진한 풍경이 되어. 그날 나는, 그 프레임 안으로 걸어 들어가 나 또한 사진이 되고 싶었던가.

그때, 잠자고 있던 반의 정신이 돌아왔다. 표정은 무척이나 힘겨워 보였고 눈가에는 눈물이 그렁하게 차 있었다. 그와 나도 반과 똑같은 모습과 얼굴을 하고 앉아 있었다. 반이 눈을

깜빡이자 고여 있던 눈물이 밖으로 흘러 넘쳤다. 그 눈물들
은 차갑지도 짜지도 않고 뜨겁고 매울 것 같았다.

93

그게 온다고 한다.

지금만큼은 그도 그 말을 믿고 싶어 하지 않는 눈치였다.
오롯이 반 때문이었다. 그의 믿음대로 그게 오는 대신 내일이
찾아올 수 있지 않을까 라는 생각이 들었다. 오늘이 아닐 수
도 있지 않을까 라는 의구심이 다시 한번 고개를 들었다. 그
의 바람이 잠시 내게로 전염된 순간이었다.

92

손목시계 속 바늘들은 눈 위에 발자국을 찍듯 '차칵차칵차
칵' 소리를 내며 걷고 있었다. 시곗바늘은 등에 어떤 무거운
짐을 올려놔도 자기만의 속도와 규칙을 지키며 잘 갈 것이다.
나는 얄미울 만큼 성실한 그 짐꾼을 쳐다보며 그에게 동쪽이
어디냐고 물었다. 그가 손가락으로 내 뒤쪽을 가리켰다. 나는

그것으로 오후 네 시면 태양이 지금쯤 어디를 지나고 있을지 가늠해 봤다. 그런데 우주에 진짜 태양이 있기나 한 걸까. 가끔 나는 그것이 아주 먼 곳으로 이주를 했거나 수명을 다해 더 이상 열을 뿜어내지 못하는 퇴물이 된 거라고 상상했다. 그러지 않고서는 이토록 오랫동안 존재를 드러내지 않을 수 없었다. 빛을 상실한 시대. 세계는, 시계를 보지 않으면 밤인지 낮인지조차 구분하기 힘든 지경에 이르렀다. 세계는 시계로 존재했고, 시계는 그 자체가 우리에게 세계였다. 그동안 수십 번의 낮과 밤, 그리고 아침과 새벽이 교차되는 부분이 있었을 텐데도 우리는 그 지점이 어딘지 찾을 수 없었다.

91

구름과 눈은 이제 회색빛에서 거의 숯빛에 가까워졌다. 마치 화선지 위에 실수로 먹물을 엎지른 듯한 느낌이었다. 어느 지독한 염세주의자가 그린 수묵화 같기도 했다. 옷감에서 물이 빠지듯 색이 빠져나가 버린 도시. 병든 땅, 하늘, 공기……. 그런데 내가 방금 잘못 본 것일까. 여태껏 하늘을 먹먹하게 수놓았던 먹구름은 사람들이 벗어 놓고 간 더러운 양말과 흙탕물 묻은 양 떼로 보였는데, 지금은 영혼으로 보이고 있었다. 유령 말이다. 검은빛으로 물렁거리다 출렁이는 영혼. 자신들이 죽은지도 모르는 혼령. 혹은 살아 있다고 착각하는 인간들의 투명한 속껍질, 그것. 육체를 벗어난 영혼들은 구름에 가로막혀 더는 높은 곳으로 올라가지 못하고 구름사이에 덕지덕지 붙잡혀 있거나 우왕좌왕 매달려 있는 것으로 보였다. 비록 물결이나 연기처럼 흐물흐물하지만 자세히 보면 모두 사람 형상을 하고 있었다. 놀랍게도 유령은 구름에만 붙어 있는 게 아니었다. 회색 눈 위에도 납작하게 누워 있었고, 빌딩 옥상 난간에서도 다리를 흔들며 걸터앉아 있었고, 창문 안에 서서는 손바닥으로 무표정한 얼굴을 받치고 밖을 내다보고 있었다. 노인이 자기 앞을 획획 지나간다고 했던 이상한 것들이란 저걸 두고 한 말이었을까. 그것은 회색인 행렬 속에도 사람인 척 끼어서 함께 걷고 있었다. 아니 행렬은 애초부터 회색인이 아니라 혼령들의 행렬이었던 게 아닐까. 만약 그렇다면 회색 눈은 영혼들이 흘리고 있는 눈물이거나 한이 얼어붙어서 떨어지는 것인가. 지금까지 눈(雪)이 쏟아졌던 게 아니라 한(恨)이 내리고 있었던 것인가. 그래서 이토록 공기가 서늘하고 추운 것일까.

90

회색시는 유령시가 되고 있었다.

89

나는 다급하게 그를 불렀다.

"저기 좀 봐요. 유령들이에요."

"정신 차려요."

내가 처한 심각성과 달리 그는 무신경하게 말했다.

"정말 보여요."

"있어도 유령이란 건 산 사람 눈에는 안 보이는 거예요."

"이리 와서 저 구름들 좀 보라고요."

그가 마지못해 옆으로 다가와 허리를 수그린 뒤 내 어깨 너머로 얼굴을 바짝 갖다 댔다. 너무 바짝이어서 그의 뺨과 내 뺨이 거의 닿을락 말락 했다. 그가 그 상태로 하늘을 이리 저리 나름 세심하게 살펴 주고는 말했다.

"아무리 봐도 그냥 구름인데요. 먹구름."

"손가락으로 가리키고 있는 저길 좀 보라고요. 사람처럼 눈, 코, 입도 달려 있고 흐물흐물하긴 하지만 팔 다리까지 붙어 있잖아요."

"기가 허해서 그렇게 보이는 거예요. 내 눈에는 토끼처럼 보이는데요. 저쪽에는 기린도 있고, 코끼리도 있네요 뭘. 더 샅샅이 살피면 뿔 달린 유니콘이랑 여의주 문 용도 있을 테니까 찾아보든가요."

"장난치지 마요. 난 심각하단 말이에요."

"구름이란 게 원래 자기가 보고 싶은 대로 보이는 거잖아요. 온갖 것들을 다 만들어 낼 줄 아는 게 그거라고요."

"알지만."

"그러니 유령이 별 거겠어요."

"유령 같은 건 보고 싶지 않았어요."

"그럼 마음이 보고 싶어 했나 보죠."

"구름에만 유령이 있는 게 아니라 빌딩 위에도 창문 뒤에도……"

그가 뒤에서 내 양쪽 어깨를 힘주어 감싼 채 난롯가로 데려다 앉혀 놓고 점심때 먹고 남은 비스킷을 챙겨 주었다. 진짜 그의 눈에는 아무것도 안 보였던 것일까. 혹시 나를 위한 답시고 안 보인 척하고 있는 건 아닐까.

"아까 우리를 찾아왔던 사람들 그림자 봤어요?"

"아니요."

그는 플라스틱 컵에 물을 따르며 여전히 시큰둥하게 대꾸

했다.

"전혀 기억 안 나요?"

"그림자를 누가 신경 써서 봐요."

"전부 유령이었는지도 몰라요. 유령은 그림자가 없다잖아
요."

"해인 씨는 봤어요?"

"아니요."

"그럼 다음에 오는 사람부터 확인해 보면 되겠네요."

"올 사람이 있을까요?"

"그게 온다니까, 어쩌면요."

그가 컵을 내 손에 오랫동안 쥐어 주었다. 안정시켜 주려는
것이었다. 그 덕분에 떨리던 손은 얌전해졌다. 다른 체온이 전
해 오자 대신 엉뚱한 곳이 떨리기 시작해서, 내가 그 옆에 있
고 그가 내 곁에 있다는 사실이 실감났다. 나는 백열등이 그
려 내고 있는 그와 나, 반의 그림자를 유심히 쳐다봤다. 그림
자는 세 겹을 이루고 있었다. 그라데이션되어 투명에 가까운
여린 빛깔의 바깥 그림자는 자기 안에 자기보다 작은 두 개
의 그림자를 품고 있었고, 두 번째 그림자는 자기 안에 저보
다 어두운 한 개의 그림자를 안고 있었다. 마트료시카처럼 그
림자는 안으로 들어갈수록 작고 선명해졌다. 어느 겹의 그림
자가 실체라고 할 수 있을지 알 수 없지만 우리 셋은 각자 세

겹짜리 그림자를 발밑에 붙들어 두고 있었다. 나는 우리가 유령이 아니란 사실에 안심했다.

88

잠시 후 그와 말한 대로 '다음 사람'이 컨테이너 박스를 방문했다. 밖의 사람은 "영업하십니까?"라고 외치며 열심히 문을 두드렸다. 곤경에 처한 목소리에 그가 문을 열어 주자 회색 눈에 휩싸인 거구의 중년 남자가 안도의 숨을 토하며 안으로 들어왔다. 소스라치게 놀랄 만큼 차가운 바깥 공기를 꼬리처럼 달고서. 그보다 나는 기다렸다는 듯 남자의 그림자부터 살폈다. 다행히 남자는 유령이 아니었다. 우리처럼 세 겹의 그림자가 남자의 움직임을 따라 바닥과 벽을 거침없이 어슬렁거렸다. 회색 곰 같은 풍채를 지녀서 그림자도 거대했고 움직임도 컸다. 그림자는 거짓말을 하지 않는다.

87

남자는 어깨에 짊어지고 있던 무거운 배낭과 양손에 쥐고 있던 스키 폴을 바닥에 내려놓았다. 그런 뒤 검정색 군화를 벗어 그에게 건네며 밑창을 손봐 달라고 공손하게 부탁했다. 얼마나 오래 신었는지 종잇장처럼 얇아진 밑창 틈새로 눈이 치고 들어와 남자의 양말은 발목까지 젖어 있었다. 남자는 다섯 켤레나 되는 양말을 한꺼번에 벗어 양손에 쥐고 난롯불에 말렸고, 맨발을 들어 올려 난로에 바짝 갖다 댔다. 육안으로도 남자의 발은 꽁꽁 얼어붙은 상태였다.

30분쯤 지나서야 발에 감각이 돌아왔는지 남자는 얼음이 녹아내리는 듯한 표정을 지으며 이제야 좀 살 것 같다고 말했다. 그가 밑창을 갈다 말고 남자에게 물었다.

"어디를 가시는 길입니까?"

"행렬을 따라가던 길에 밑창이 찢어져서 수선하려고 들렀습니다. 구둣방 찾기가 쉬워야 말이죠. 불빛이 보여 얼마나 반갑던지. 이런 상황에서 영업하는 가게가 있다는 게 신기해서 들어와 보고도 싶었습니다. 이대로 계속 갔다가는 동상 걸려서 중도 하차했을 테지만요."

그와 내가 동시에 남자를 쳐다봤다. 회색인이었다. 남자는 우리의 시선에 조금 놀란 듯했다. 남자는 여느 회색인과 달리 걸음걸이도 튼튼했고, 체격도 건강함을 유지하고 있었다. 해골의 윤곽도 다른 회색인들보다 한참 멀리 떨어져 있었다.

"그 끝에 뭐가 있는지 알고 가시는 겁니까?"

"아무도 모르는데 저라고 알 턱이 있겠습니까. 모르니까 한 번 가 보는 거죠. 밑져야 본전 아닙니까. 가만히 누워서 지긋지긋한 천장만 쳐다보고 사는 것보다 낫지 않을까 싶어서 나서는 길입니다."

"혼자입니까?"

"아는 사람은 다들 먼저 떠났습니다."

"오래 버티셨군요."

"그런 셈입니다. 끝까지 남아 보려고 했는데 혼자가 되고 나니 좀 무섭더군요. 다수가 선택하는 것에는 그만한 이유가 있겠다 싶기도 하고."

남자의 눈은 말짱했다. 뭔가에 홀려 있는 것 같지 않았다. 남자는 멍청해져서 행렬을 따라나서는 길이 아니라, 믿지는 않지만 속는 셈치고 한번 가 보자는 쪽이었다. 의지로도 얼마든지 동참할 수 있는 길이란 걸 남자의 명료한 눈이 증명해 주고 있었다. 회색인은 거의 정신이 반쯤 나간 미치광이일 거라 속단했는데 그것도 아닌 모양이었다. 하지만 남자는 분명 이제 막 사랑을 시작한 사람은 아닐 것이다. 연인이란 존재가 삶의 가치에서 멀어지거나 제외돼 버린 사람.

"그쪽 상황이나 분위기는, 어떻습니까?"

그가 조심스레 물었다.

"침묵이 전부예요. 걷거나 죽거나 쓰러지거나. 어제는 임산

부 하나가 길바닥에서 애를 낳다 혼절했는데 그 틈을 타 회색인들이 탯줄도 안 뗀 신생아를 눈 속에 파묻어 버렸어요. 태어난다는 건 더 이상 소용도 의미도 없다면서. 끔찍하지만 그런 건 약과 축에 껴요. 도덕이나 가치가 바닥에 떨어진지 오래잖아요. 친구나 가족 개념도 사라졌고. 공포감에 미쳐 버린 사람들도 있어요. 그런 자들은 결국 낙오되죠."

잠시 무거운 침묵이 흘렀다.

짧은 고요 속에서 나는 엄마와 아빠, 여동생의 안위를 걱정했다. 혹시 그들이 '약과'를 넘어서는 일에 휘말렸으면 어쩌나 하는 불안한 생각이 자꾸 들었다. 남자의 목격담이 아니더라도 회색시에서는 도저히 아이들이 태어날 수 없는 상황이었다. 그리고 이미 태어난 아이들은 조금씩만 자랐다. 자라 버린 아이들은 더 이상 눈으로 눈사람을 만들지 않았다. 회색 눈으로 만든 눈사람은 무서운 회색인을 닮았고, 회색인이라면 회색시에서 지겨울 만큼 볼 수 있는 풍경이기 때문이었다. 어딘가로 일정한 속도를 갖고 움직이거나 한곳에 눈덩이처럼 쌓여 있는 회색인.

"그날 빨간 눈이 내렸을 때 알아챘어야 했어요. 그게 우리에게 보낸 레드카드였다는 걸. 우린 지금 벌을 받고 있는 거예요."

그와 나는 동감의 의미로 고개를 끄덕였다. 바깥의 저것은 눈(雪)이 내리는 게 아니라 벌(罰)이 내리는 것이다.

"댁들은 여기 계속 남아 있을 겁니까?"

남자의 염려 섞인 물음에 그와 나는 서로의 얼굴만 멀뚱히 쳐다봤다. 하지만 남자의 얘기를 듣고 보니 차라리 여기 남는 게 더 안전한 일로 여겨졌다. 살기 위해 떠난 여정이 죽으러 가는 길이 되고 있으니 말이다.

"뭐, 천천히 생각하십시오. 급한 것도 아니니까."

"오늘이라잖아요."

"글쎄, 최근에 들리는 소문으로는 꼭 그렇지도 않던데요."

"오늘이 아니면……"

"한 달 뒤라는 말도 있고, 항간에는 1년 후가 될 거라는 얘기도 나오고 있어요. 이러다 좋아질 거라 관망하는 사람들도 있고요."

"정말인가요?"

내가 반색하며 두 사람의 대화 속으로 파고들었다.

"모르죠 뭐. 무슨 일이든 닥쳐 봐야 아는 거니까요."

86

그가 밑창 간 군화를 남자에게 건넸다. 바닥만 손봤을 뿐인데 남자의 군화는 새 신발이 되어 있었다. 남자가 흡족해하며 돈을 지불하려 하자 그가 손으로 막았다. 회색시에서 지폐는 그리 큰 가치가 없었다. 도시가 복구되지 않으면 그것의 소용 가치 또한 회복되지 않을 전망이었다. 종이돈은 한낱 불쏘시개로나 쓰일 처지가 되어 버렸다.

남자는 마른 양말들과 군화를 순서대로 신은 뒤 몇 발짝 걸어보았다. 바닥에서 쿵쿵 소리가 큼지막하게 났다. 견고하고 믿음직한 울림이었다.

"이 정도면 만 리도 문제없이 걸을 수 있겠는걸요."

남자는 배낭 깊숙한 곳으로 손을 집어넣어 부스럭거리는 뭔가를 꺼냈다. 카스텔라와 건빵이었다. 길 떠나는 사람에게 더 필요한 것이라 그는 받으려 하지 않았지만 남자가 한사코 그의 손에 쥐어 주고 돌아섰다. 현명한 교환이 이루어진 것이다. 세상이 아직은 희망이 없을 정도로 완전히 망가진 건 아니란 뜻으로 여겨졌다.

"무사하십시오."

그가 힘주어 말했다.

"댁들도."

남자가 손을 들어 보인 후 문을 열고 나가자 거구의 검은 그림자가 남자를 따라 문을 부드럽게 빠져나갔다. 이번에는 그도 놓치지 않고 남자 곁에 내내 머물고 있던 그림자를 똑똑히 본 것 같았다.

85

그게 온다고 한다.

군화를 고치러 온 남자의 그림자를 본 뒤 유령은 나 혼자만의 소동이었다, 고 믿기로 했다. 근데 정말 그게 오는 것일까. 아니면 우편배달부처럼 남자가 전해 주고 간 그 소문들이 진짜일까.

84

우리는 남자가 주고 간 카스텔라와 건빵을 따뜻한 물과 함께 나눠 먹었다. 오래되어 눅눅했지만 배를 채우기에는 충분한 양이었다. 그는 건빵을 보니 혹독했던 군대 시절이 생각난다고 했고, 나는 카스텔라를 먹으니 내게 헌신적이었던 엄마 아빠가 떠오른다고 했다. 우유 없이는 절대 카스텔라를 먹지 않았던 여동생도. 다들 무사할까.

오랜 고민과 의논 끝에 가족들이 도시를 떠나기로 결정하던 날 밤. 그들은 조용히 각자의 짐을 꾸렸고, 나는 그걸 도왔다. 엄마가 배낭에 집어넣는 걸 아빠는 옆에서 빼느라 바빴다. 꼭 필요한 것만 챙겨야 한다면서. 가져가고 싶은 게 많은 엄마는 배낭에서 짐이 빠져나올 때마다 슬픈 표정을 지었다. 저건 언젠가 필요하게 될지도 모른다면서. 죽어도 이건 포기하고 싶지 않다면서. 그러자 아빠가 작은 목소리로 말했다.

"우리에겐 언젠가가 없을지도 몰라."

너무 작아서 냉혹하게 들리는 말이었다. 아빠는 이성적이었고, 엄마는 일부러 이성적이고 싶지 않았던 밤이었다.

"이런 건 이 집에 그냥 맡겨 둡시다."

결국 엄마는 자기 무릎에 얼굴을 묻고 한참을 울었다. 아빠의 설득으로 엄마의 배낭 속에 남게 된 건 몸을 보호하고 유지하는 데 필요한 최소한의 것들뿐이었다.

우리는 양초 두 개로 주위를 밝힌 식탁에 둘러앉아 파티를 했다. 파티라고 해 봐야 딱딱한 빵과 도수 높은 술이 전부였다. 생각해 보면 가족과 가장 오랫동안 마주 앉아 있었던 시간이었고, 제일 많은 대화가 오간 저녁이었다. 우리는 머리를 한데 모아 낡은 사진첩을 넘기며 옛날 얘기에 몰두했다. '앞으로'에 관한 얘기는 가급적 서로 하지 않았다. 당장 내일의 일도.

우리는 옛날에 살았던 집들을 이사한 순서대로 나열하며 그 집은 부엌은 넓은데 화장실이 좀 불편했고, 이 집은 옥상이 높아서 별을 자주 볼 수 있어 좋았고, 요 집은 구조가 맘에 들어 이사 가기 싫었다는 말들을 했다. 집이 생겨서 기뻤던 건 겨울에 이사를 다니지 않아도 되어서였다는 얘기도. 대화를 나누다 보니 삶의 기억을 끄집어낼 때마다 대부분은 당시 살았던 집이 동시에 딸려 온다는 걸 알았다. 집은 우리의 기억이 태어나는 곳이자 추억이 보관되는 냉장고 같은 장소였다. 집이란 우리 뇌의 일부였다. 하지만 더 이상 이사 갈 일이 없다고 생각했던 우리 가족은 내일 또 다른 이사를 앞두고 있었다.

각자가 꺼내 놓은 추억으로 파티 분위기가 무르익을 무렵, 잔뜩 취한 여동생이 살면서 가장 행복했던 순간이 언제였냐고 물었다. 엄마는 고민의 틈도 없이 내가 재수 끝에 의대에 합격했을 때라고 했고, 아빠는 결혼 20년 만에 단독주택에 자신의 문패를 걸던 날이라고 말했다. 여동생은 아직 없다면서, 자신에게도 그런 게 있다면 미래의 어딘가에 존재했으면 좋겠다고 희망했다. 끝으로 내가 대답할 차례였지만 나는 차마 말할 수 없었다.

술이 약한 엄마와 과하게 마신 여동생이 먼저 잠자리에 들고 자정이 되자 식탁에는 아빠와 나, 단둘뿐이었다. 아빠의 얼굴은 화난 사람처럼 빨개져 있었다. 아빠 또한 술이 약한 사람이었지만 얼마 안 남은 시간이 아까워서 버티고 있었던 것이다. 아빠가 작은 유리잔에 담긴 독한 인삼주를 단숨에 들이 컸다. 그 술은 첫 사위가 생기면 기념으로 같이 마시려고 아빠가 5년 전에 인삼을 직접 캐서 담근 것이었다. 아빠가 술잔을 식탁에 내려놓으며 내게 물었다. 동생이 물었던 걸 그대로.

"넌 언제 가장 행복했니?"

대답을 듣지 못했던 게 아쉬웠던 모양이었다. 나는 조심스레 말했다.

"지금요."

차마 털어놓을 수 없었던 건 미안해서였다. 행복했던 시간이 이미 지나 버린 엄마 아빠와 행복한 순간이 아직 찾아오지 않은 동생에게. 아버지는 나를 이곳에 남게 한 그에 대해 아무것도 묻지 않았다. 어쩌면 물을 필요가 없었던 건지도 모르겠다. 온전하지도 않고, 많은 것이 사라져 버린 도시에서 하는 일이 무엇이고, 생김새는 어떻고, 나이가 몇인지는 중요한 게 아니었다. 아빠가 물은 건 다른 것들이었다.

"많이 좋아하니?"

"네. 많이요."

"같이 있으면 설레니?"

"네."

"함께라면 안 무섭겠니?"

나는 확신 있게 고개를 끄덕였다.

"됐다. 그럼."

나는 아빠의 잔에 마지막 남은 술을 채웠다. 양초 불꽃의 일렁임을 따라 아빠의 눈꺼풀이 조금씩 감겼다.

83

회색인이 되기로 한 그들이 도시를 떠나던 날 아침, 그러니까 의대에 합격했던 나를 두고, 문패 달린 단독주택을 남겨 두고, 미래에 존재할 행복을 예약해 두고 가족들이 모두 떠나던 날. 오랜 포옹을 끝낸 나는 대문 앞에서 그들을 배웅했다. 아빠는 날 혼자 도시에 놓고 가면서도 마지막까지 걱정되지 않는 얼굴을 하고 있었다. 일부러 그랬는지는 모르지만 차분하고 단단한 그 표정이 나를 안심시켰다. 동생의 목에는 내가 간밤에 준 모래시계가 걸려 있었다. 나는 아직도 기약 없는 그들의 뒷모습을 선명하게 기억한다. 오로지 컬러로만 기억한다. 비록 멀어지면서는 점점 회색빛으로 변해 갔지만.

82

"우리도 여길 떠날까요?"

가족이 떠나던 날을 생각하자 나도 모르게 그 말이 다시 튀어나와 버렸다. 그가 건빵을 집다 말고 나를 빤히 쳐다봤다.

"아까 그 사람 얘기에 또 흔들린 거예요?"

"정신만 똑바로 차리면 그 사람처럼 중도에 돌아오거나 빠져나올 수 있잖아요."

그는 대답이 없었다.

"이러다간 우리 셋만 남을 것 같아요."

"그래도 난 여기 계속 있을 거예요."

이제 보니 고집이 센 남자였다.

"지금 당장 떠나자는 게 아니에요. 오늘이 아닐 수도 있다니까."

"아니면요?"

"……"

"저 녀석 죽을 때까지 기다리다 가자는 거예요?"

"그게 아니라."

"해인 씨 참 이기적이군요."

"반이는 저한테도 소중해요."

"소중하다면서 그런 생각을 해요?"

"따지고 보면 그쪽도 마찬가지 아니에요?"

"그거랑 이거랑 어떻게 같아요?"

"왜 안 같아요? 정말 이기적인 사람은 그쪽이에요."

싸움이 커지는 걸 막아 주려는 것인지 백열등이 깜빡거리다 꺼져 버렸다. 또다시 암전이었다. 세계가 정신을 못 차리고 오락가락하고 있었다. 불시에 우리를 덮친 막막한 어둠이 서로를 오랫동안 침묵하게 했다. 보이지 않으면 말도 할 수 없다는 듯 조용해졌다. 새까만 어둠과 짙은 침묵 속에서 먼저 소리를 낸 건 반이었다. 이럴 때야말로 말과 소리가 필요하다는 듯 제 딴에는 힘껏 짖어 댔다. 자기 때문에 싸우지 말라는 뜻 같기도 했다.

81

우리는 다툼을 멈췄다.

어둠 때문인지 반 때문인지 시간 때문인지 알 수 없었다. 다만, 서로 반성하고 있다는 것은 분명했다.

80

사방이 어두컴컴하니 감정이 곧 누그러지고 침착해졌다. 어둠 속에서 내가 먼저 물었다.

"내일이 왔으면 좋겠어요? 이렇게라도?"

"네."

어둠을 뚫고 역시 침착하게 누그러진 대답이 돌아왔다.

"왜요?"

"하고 싶은 게 아직은 많으니까요."

"뭔데요?"

"뭐든, 제대로요."

그의 건빵 씹는 소리가 들려왔다. 나도 카스텔라를 한 점 뜯어 입에 넣고 천천히 녹여 먹었다. 보이지 않으니 맛에 더 집중할 수 있어서 아까는 퍽퍽하다고 느꼈던 카스텔라가 부드럽게 넘어갔다.

"어쩌면 우리는 이미 끝을 경험하고 있는 건지도 몰라요. 이미 우리 곁에 와 있었는지도요. 우리가 상상하는 거랑 달리 지금 이 순간과 상황이 그것인지도요."

건빵 씹는 소리가 맛있게 들려서 나도 건빵 봉지가 있는 쪽으로 손을 뻗었다. 그의 손과 내 손이 그곳에서 만났다. 깜짝 놀라 손을 거두려 하자 그가 손을 덥석 잡고 놓아 주지 않았다.

"오늘 그게 오는 것도 끝이지만, 오지 않고 이런 끔찍한 상황으로 내일이 시작된다는 것도 끝일 거예요. 이래저래 끝."

"어느 쪽이 나을까요?"

낮은 목소리로 내가 물었다.

"내일이 오는 게 낫지 않을까요."

"왜요?"

"뭐라도 해 볼 수는 있잖아요."

"뭘요?"

"뭐든요."

그가 내 손을 더 힘주어 잡았다.

79

정전이 생각보다 오래 이어지자 그가 책상 서랍에서 양초를 꺼내 불을 붙였다. 그와 나 사이에 놓인 양초 불꽃이 불안하게 일렁이며 그림자를 만들어 냈다. 불꽃이 흔들릴 때마다 그림자도 따라서 불안하게 춤을 췄고, 어둠 속에 감춰져 있던 그의 얼굴도 잘 익은 토마토처럼 빨갛게 보였다. 하지만 겨우 촛불 하나 밝혔을 뿐임에도 어둠의 페이지가 넘어간 컨테이너 박스 안은 바깥 사정 따위는 아랑곳 않겠다는 듯 아늑하기만 했다. 맑은 촛농이 눈물처럼 또르르 내려와 접시 위에 차근차근 고이다, 하얗게 굳어 가는 순간마저도 그러했다. 양초가 짧아질수록 바닥으로 차는 촛농은 깊고 넓어졌다. 양초 심지가

야금야금 파먹고 있는 건 초가 아니라 시간이었다. 어쩌면 우리에게 남은 시간은 저 양초 길이보다 짧을지도 몰랐다.

"우리가 좀 더 일찍 만났다면 지금쯤 헤어졌을까요?"

손으로 턱을 괴며 내가 물었다.

"어땠을 것 같아요?"

"아까 말싸움한 거 보면 헤어져도 진작 안 좋게 헤어졌을 것 같아요."

내가 좀 강하게 쏘아붙이자 그가 소리 없이 웃었다.

"서로 안 맞을지도 모른다고 생각했어요."

"나도 잠깐 똑같은 생각을 했어요."

"연애란 짧고 굵게 하는 게 좋은 건가 싶기도 했어요."

"나도요."

"이럴 땐 시간에 고마워해야 할까요?"

"아마도요."

"전에 사귀던 여자하고는 어쩌다 헤어졌어요?"

"별거 있나요. 사소한 말다툼과 오해에서 시작된 싸움이었죠. 해인 씨는요?"

"저도 별거 있겠어요."

이번에는 내가 소리 없이 웃었다.

내 웃음이 끝나자 그가 갑자기 한 여자에 대한 얘기를 꺼
냈다. 나를 만나기 전의, 헤어진 여자 친구 연희. 그는 왜 내게
전 애인에 대해 말하려고 할까. 그런데도 난 왜 그 여자가 몹
시도 궁금한 걸까. 듣고 싶지 않다고 할 수도 있었는데 그러
지 않고 나는 잠자코 있었다. 양초 때문인 것 같았다. 그의 말
을 이끌어 낸 것도 그의 말을 들어 주는 것도. 양초의 작고
여린 불빛이 지닌 힘이랄까. 사람의 마음을 숙연하게 해 뭔가
를 고백하게 만드는 것. 양초가 다 타 버리면 듣고 싶어도 들
을 수 없는 한 조각의 시간. 어쩌면 나는 예전부터 알고 싶었
던 건지도 모르겠다. 한때 그의 사랑을 받던 여자가 어떤 사
람이었는지. 나와 어떻게 다르고 비슷한 점 같은 건 없었는지.
어떤 모습에 사로잡혀 좋아하게 된 건지. 전에 사귀던 여자하
고는 왜 헤어졌냐고 물었던 것 자체가 결국 알고 싶다는 말
을 돌려서 한 것이니까. 아무리 객관적으로 형편없다 해도 내
가 좋아하는 사람이 한 시절 사랑했던 여자는 그 자체만으로
도 호기심을 불러일으키고 환상과 신비감을 뿜어낸다.

그 여자는 괜찮은 집안의 무남독녀로 태어나 사랑을 듬뿍
받고 자란 사람이었다. 그럼에도 어둡고 외로운 표정을 자주
지었는데, 그게 그의 마음을 속수무책으로 끌어당겼다고 했
다. 여자가 애써 밝게 웃어도 그는 그 속에 감춰진 그림자를
알아챈 유일한 사람이었다. 왠지 여자가 그와 닮았을 것 같다
는 생각이 들었다. 그는 여자를 통해 자기 내면을 본 것이었
다. 그리고 투명한 여자는 그 앞에서만은 아무것도 감출 수
없었다.

길다면 긴 3년의 연애가 그에게는 무척이나 짧게 느껴졌다
고 했다. 싸움이나 갈등 없는 평화로운 연애만을 지속해 왔
기 때문이었다. 지금 그가 기억하는 여자와의 연애는 헤어지
기 전 두 달이 전부였다. 어느 순간 그는 자신들의 관계가 자
석의 동극 같은 느낌이 들었다고 했다. 자꾸 서로를 밀어내듯
말다툼과 오해가 잦아지고 잔잔하게 이어오던 연애는 힘든
노동을 하는 것처럼 피곤해지기 시작한 것이다. 그는 말했다.
같은 극으로 자리를 바꾼 건 자기가 아니라 여자였다고. 외무
고시에 합격해 세상이 알아주는 직장에 들어가게 된 여자는
어느 날 그에게 결별을 통보해 왔다. 다른 사람이 생겼다는
말과 함께. 그는 그때 깨달았다. 결국 두 사람은 애초부터 같

은 극이었으나 아닌 척 만나 온 거라고. 닮은 사람은 서로를 밀어낼 수밖에 없다고. 비슷한 결핍을 가진 연인은 서로의 빈 곳을 채워 줄 수가 없는 거라고. 더 이상 나눠 가질 이야기가 없어서 풍요로워질 수도 없는 거라고. 말을 끝마친 그가 아까보다 가늘어진 양초 불빛을 응시하며 말했다.

"그때의 연애는 '작가의 말'을 읽지 않고 덮어 버린 소설책 같았어요."

76

인생이 한 권의 소설이라면 우리의 페이지는 작가의 말을 읽는 중일까, 아니면 쓰는 중일까. 작가의 말이 없는 소설은 작가의 책이 아니라고 생각한 적이 있었다. 독자가 가장 궁금해하는 건 가짜로 지어낸 소설의 첫 페이지가 아니라 그 소설을 완성해 낸 작가의 마지막 페이지, 작가의 말이라는 진짜 속생각에 있을지도 모른다고. 그 말을 이해하기 위해서 우리는 첫 페이지부터 차근차근 읽어 가는 거라고. 소설과 작가의 한 시절과 창작의 마무리에 해당하는 끝 페이지. 지금이 마지막이라면 우리의 페이지는 가장 솔직해야 하는 순간에 놓여 있다고 할 수 있었다. 그러므로 한 쪽짜리 작가의 말은 300쪽짜리 소설보다 쓰기 어려운 글일지도 모른다. 그래서 작가의 말을 먼저 읽어 버리는 건 작가에 대한 예의가 아닐 것이다.

"누군가를 좋아한다는 것의 끝은 뭘까요?"

흘러넘치는 촛농을 보며 내가 물었다.

"……"

"이별일까요?"

"아니요."

"결혼일까요?"

"아니요."

"그럼요?"

"상대방을 위해 죽어도 좋은 거요."

"죽어도 좋은 것."

"네, 그거요."

그는 나를 위해 죽어도 좋을까.

75

다시 한번 어둠이 찾아오면 그와 사랑을 하겠다고 했던 대로 나는 충분히 그것을 하고 있었다. 인생의 가장 위험한 순간, 마주보고 같이 앉아 있는 것만으로도 하고 있는 것이었다. 누군가를 좋아할 때 필요한 건 시간이 아니라 감정이었다. 우리는 서로에게 집중한 사이 반나절 동안 1년분의 연애를 한 것 같은, 오랜 연인이 된 듯한 기분에 휩싸였다. 하루도 안 되는 시간 동안 다 해 봤다는 느낌이 들었다. 싸움도, 질투도, 사랑도, 약속도, 공감도, 의지도 서로 해 봤다. 일분일초를, 한 시간을 이토록 알뜰하게 감각해 보기는 처음이었다. 그래서 1년 치의 그에 대해 알게 된 것 같았다. 남은 시간에는 어떤 더 많은 일들이 오갈 것인지 기대도 되었다. 시간이 모자라서, 그에 대해 모른 채 끝난다 해도 상관없었다. 그에 대해 모조리 알 필요는 없었다. 나에 대해 전부 알려 줄 의무 또한 없었다. 중요한 건 지금, 한 공간에서 같은 공기로 숨을 쉬고, 간소한 음식과 온기로 추위를 함께 이겨 내고 있다는 사실이었다.

74

그게 온다고 한다.

지금 이 순간만큼은 그 말이 사실이 된다 해도 무섭지 않을 것 같았다. 그가 건빵 봉지 안쪽에서 별사탕을 찾아 내 손바닥 위에 달콤하게 올려 주었다.

불행과 불길을 품은 구름은 한층 더 검고 낮아졌다. 그것은 서로 갈라지거나 떨어질 줄 몰랐다. 이러다간 구름이 땅으로 아예 내려앉을 것만 같았다. 구름은 어디까지 닿아 있을까. 어디까지 주저앉을 수 있을까. 어디까지 갈 수 있을까. 지상으로 내려온다면 구름은 더 이상 구름이 아니라 안개나 이슬이란 이름으로 불려야 할 것이다. 하늘이 땅이 되고 땅이 하늘이 될 것이다. 그런데 검은 안개와 이슬을 본 적이 있던가. 검은 연기와 재라면 모를까.

군화 밑창을 고치러 왔던 남자의 그림자를 확인한 뒤 유령 형상은 눈에서 말끔하게 사라졌다. 대신 구름은 다시 양말과 양 떼로 보이기 시작했다. 구름은, 가마솥에 양말과 양털을 넣고 부글부글 태울 때 나오는 검은 연기일까. 회색인들의 종착지가 저기일까. 검은 구름은 살려 달라고 아우성치는 회색인을 태운 흔적일까. 하늘은 소각장일까. 공동묘지일까. 구름은 공동묘지 사이사이를 휘감아 도는 서늘한 안개일까. 그렇게 생각하자 아래가 천국 같고 위가 지옥으로 보였다. 지옥이 땅으로 펄펄 내렸고, 그 지옥 하늘이 땅을 지배했다. 지옥이 지상을 덮쳤다.

72

유리창을 덮치고 할퀴는 눈송이를 보며 처음으로 지저분하다는 생각을 했다. 눈이 더럽고 까매진 건 자연의 섭리와 눈의 유구한 역사를 배반하는 사건이었다. 저건 눈이라기보다 세상의 모든 책에서 빠져 나온 마침표 같았다. 까만 점들이 쏟아지고 있었다. 그때였다. 그가 있는 자리로 돌아가려 몸을 트는 순간 털모자로 코밑까지 얼굴을 가린 누군가가 김서린 창문으로 소리 없이 스윽, 하고 나타났다. 나는 비명을 지르며 바닥으로 나동그라졌다. 다시 유령인가. 아니면 회색인인가.

71

그것은 회색인도 유령도 아니었다.

털모자를 뒤로 젖히자 양 갈래로 머리를 땋아 내린 앳된 얼굴이 드러났다. 회색시하고는 전혀 어울리지 않는 여자애였다. 여학생은 마치 다른 행성에서 지구로 잠시 야유회 나온 외계인 같은 분위기였다. 그가 괜찮냐고 물으며 나를 얼른 일으켜 세운 뒤 창문을 열어 여학생의 머리를 제법 세게 쥐어박았다.

"아저씨, 저 싸가지예요."

"그래, 넌 싸가지지."

열린 창문으로 들어온 바람은 얼굴을 도려낼 듯 매서웠다. 여학생은 쥐어 박힌 머리를 만지작거리며 컨테이너 박스를 빙 돌아 문을 열고 들어왔다.

"아, 여기는 따뜻한 천국이로구나."

여학생은 발을 동동 구르며 행복한 표정으로 난롯불에 손을 쬈다. 입으로는 풍선껌을 오물거리다 조심스럽게 껌 속에 바람을 불어넣었다. 풍선이 풍성해질수록 여학생의 눈동자가 우스꽝스럽게 가운데로 모아졌다. 추위 탓에 풍선은 터지지 않고 그대로 동그랗게 얼어붙어 있을 것만 같았다. 나는 터지지 않는 풍선껌에 대해, 풍선에 구멍이 생겨 쪼그라들 때까지 상상했다.

"위험한데 어딜 그렇게 싸돌아다녀? 박 씨 할아버지가 걱정하더라."

여고생은 빨간 지붕 집에 산다는 유나였다. 그가 난로에 장작을 넣으며 시큰둥하게 묻자, 여학생은 풍선이 터지길 숨도 안 쉬고 기다렸고, 풍선은 곧 내 상상을 배반하고 터졌다. 세상에 안 터지는 게 어딨다고. 학생이 바람 빠진 껌을 혀로 거둬들이며 대답했다.

"잘 알잖아요. 죽은 동물 묻으러 돌아다니는 게 취민 거.

그 할아버지는 남 걱정할 정신도 없어 보이던데요."

"어째서?"

"볼 때마다 누가 좀 자기를 해쳐 주길 바라는 표정으로 외출하는 거 같았어요."

그가 무거운 얼굴로 침묵을 끌다 물었다.

"여긴 왜 왔어?"

"아저씨 보러 온 거 아니니까 착각 마세요."

여학생이 껌을 짝짝 소리 내어 씹었다. 짝짝대서인지 별명처럼 싸가지가 없어 보였다.

"넌 꼭 그 말부터 하더라. 그게 더 이상하거든."

"오늘은 진짜 아저씨 땜에 온 거 아니에요. 반이 보러 왔다고요."

"반이는 왜?"

"기운이 없어 보인다기에."

"누가?"

"또와 아줌마가요."

"또 '짧은 치마 삼총사'인가 하는 친구들하고 거기 죽치고 앉아 있었구나."

"장사하는 데가 거기밖에 없잖아요. 근데 다음에는 안 갈 것 같아요."

"왜?"

"맛이 이상해서요. 예전 그 맛이 아니었어요. 재료가 상했
는지, 오래된 걸 쓰나 봐요. 더 이상한 건요."

그가 학생의 말에 주의를 기울였다.

"아줌마는 모르는 것 같았어요. 아줌마도 좀 이상했어요.
멍하게 앉아 있기만 하고."

이런 상황에서 음식 장사를 꾸려 간다는 게 이상한 일이
긴 했다. 재료가 방금 도착했다거나 물량에 대한 얘기는 아주
머니가 가게에 사재기로 비축해 둔 걸 두고 한 말일 가능성이
높았다. 식재료의 상태를 인지 못한다는 건 현실을 받아들이
지 못하고 있다는 뜻이었다. 내 추측이 맞다면 아주머니는 지
금까지 공상과 상상으로 버티고 있었던 것이다.

"장사는 잘되고?"

"우리 짧은 치마 삼총사 말고는 아무도 없었어요. 항상."

모닝커피 징크스는 효력을 발휘하지 못했다. 항상.

70

"진수 때문이지?"

그가 추궁하듯 물었다.

"뭐가요?"

"죽은 동물 어쩌고 하면서 분식집에 뻔질나게 들락거리는 이유."

그건 그저 핑계고 위험한 거리를 돌아다니는 진짜 이유가 따로 있는 모양이었다.

"진수 오빠가 기타 가르쳐 주기로 했었어요."

"단지 그것 때문이야?"

"사람이 사람 걱정하는 게 뭐 나빠요?"

"티 다 나거든."

"뭐가요."

"진수 돌아오면 내가 제일 먼저 뛰어가서 알려 줄 테니까 집에 얌전히 처박혀 있어. 수시로 가게에 불이 켜지나 지켜보고 있으니까."

기타 청년 얘기가 나오자 말괄량이 여학생은 어느새 수줍은 소녀가 되어 얼굴을 붉히고 있었다. 쑥스러운지 괜히 반에게 달려가 머리를 쓰다듬으며 비밀 얘기를 나누듯 귀에 대고 계속 뭐라고 소곤댔다. 울음을 참거나 들키지 않으려는 행동으로 보였다. 반이도 꼬리를 살랑 흔들고 바닥을 치는 것으로 여학생의 비밀스런 얘기에 귀 기울이는 눈치였다. 신기하게도 여학생의 말을 알아듣기라도 한 것처럼 반의 눈동자가 또렷해지고 진지해졌다. 기운을 차린 듯 입을 벌리고 있는 반은 분명, 웃고 있었다. 나와 처음 만났던 그날처럼. 신기한 재주가 있는 여학생이라고 나는 생각했다. 여자애는 반의 주둥이에 자기 얼굴을 대고 또 풍선을 불었다. 반이 그 풍선을 입으로 깨물어서 터뜨렸고, 여학생은 반의 코에 묻은 껌을 떼어 입에 쏙 넣고 질겅거렸다.

"싸가지, 학교는 안 갔어?"

눈물을 삼키고 다시 말괄량이로 돌아온 여학생은 그의 말에 발 하나를 떨며 대답했다.

"촌스럽게. 학교 문 닫은 지가 언젠데."

"그래서 좋아?"

"당근 좋죠."

"뭐가?"

"왕따 안 당해도 되니까요."

"시키게 생긴 애가 왕따를 당한다고?"

"아저씨가 생각해도 이해가 안 가죠? 제가 생긴 걸로 봐서는 왕따 시키게 생겼죠? 그죠?"

"네가 왜 왕따를 당할까."

"얼굴도 예쁜데 공부까지 잘 한다고요."

그가 어이없다는 듯 코웃음을 쳤다.

"왜 비웃어요? 얼굴 때문이에요, 공부 때문이에요?"

"둘 다."

여학생이 억울하다는 듯 나를 쳐다보며 말했다.

"의사라면서요? 그럼 언니도 공부 좀 하셨을 텐데, 제 말 이해하죠?"

"어? 응."

"봐요. 요즘은 예쁜데다 공부까지 잘하면 왕따 당한다니까요."

생긴 것도 행동하는 것도 당돌하고 맹랑한 구석이 있는 여고생이었다.

"그래서 세상이 끝장나도 좋다는 거야?"

"나만 끝장나는 것도 아닌데요 뭘. 그리고 그건 끝까지 가봐야 아는 거라고요. 아무도 장담 못해요."

여고생이 생각 없는 표정으로 또 풍선을 불었다. 팽팽하게 부풀어 올랐던 풍선이 터지자 분홍빛 껌이 여고생의 코끝과 입술 주위로 얇고 끈끈하게 들러붙었다. 여학생과 말을 주고받는 그는 어느새 또래 남학생이 되어 있었다. 내가 몰랐던 그의 또 다른 모습이었다.

"아, 참. 아저씨 궁금한 게 있어요."

"뭔데."

"신발은 왜 대부분 바깥쪽부터 닳는 걸까요? 걸음걸이도 다른데. 우리 집 식구나 친구들 것만 봐도 똑같이 닳고 있어요."

"간단하게 설명해 줄까, 길게 설명해 줄까."

"시간도 별로 없는데 짧게 하죠."

"평발이 아니기 때문이야."

"아하. 그럼 하나 더요. 제가 신발 잃어버리는 꿈을 지겨울 정도로 자주 꾸거든요. 수업을 마치고 집에 가려고 복도 신발장을 보면 꼭 제 신발만 사라지고 없어요. 결국은 못 찾고 잠을 깨는데, 무슨 꿈인지 해몽 좀 해 주세요."

"모른다."

"피, 수선 전문가라 신발에 대해서는 모르는 게 없을 줄 알았는데 실망이네요."

"그런 건 꿈 해몽가한테 물어야지."

"그럼 어떻게 하면 안 꾸게 될까요?"

"어렸을 때 떨어진 신발 신고 다닌 적 많았지? 신발이 낡아서 발가락이 보여야만 부모님이 겨우 사 준다거나."

"우아, 어떻게 알았어요?"

그가 여학생에게 상자 하나를 내밀었다. 안에는 교복에 신으면 잘 어울릴 것 같은 갈색 단화가 다소곳하게 들어 있었다. 그가 손수 만든 신발이었다. 여학생 얼굴이 토마토 주스처럼 빨개졌다. 신발을 준비해 둔 걸 보니 그는 여학생의 방문을 내심 기다리고 있었던 모양이었다. 질투가 났다.

"장담하는데 그거 신고 돌아다니면 다음부터는 절대 그런 꿈 안 꿀 거다."

"아저씨, 저 좋아하죠?"

"뭐?"

"좋아하죠?"

"착각하지 말고. 그동안 반이한테 잘해 줘서 주는 선물이
야."

"전 아저씨 좋아하는데."

그가 당황한 듯 내 눈치를 급하게 살폈다.

"나중에 아저씨랑 결혼도 할 건데."

"진수는 어쩌고? 나중에 진수한테 다 이른다."

"일러요."

그가 못 당하겠다는 듯 도리질을 쳤다.

"나랑 결혼하고 싶으면 적어도 대학은 나와야 돼."

"까다롭네요. 보기보단."

"보기보단?"

"그럼 저 언니랑 사귀는 것도 대학 나온 의사라서예요?"

"사귀고 봤더니 의사였어."

"운이 좋았네요."

"좋았지. 두 번째로."

"첫 번째는 저였죠?"

"그럴 리가. 반이었어."

"저번에 한 말 기억 안 나요?"

"무슨 말."

"아저씨가 그랬잖아요. 저 언니보다 제가 더 예쁘다고."

내가 그를 째려보자 그가 다급하게 수습하려 애썼다.

"내가 언제? 싸가지 쟤, 거짓말 백 단이에요. 속지 마요."

"전 눈치 백 단이거든요. 학생 말, 정말이에요?"

내가 무표정한 얼굴을 하고 묻자 자기는 절대 그런 말 한 기억이 없다며 잡아뗐다.

"아저씨가 왜 좋니?"

내가 여학생에게 진지한 목소리로 물었다.

"생긴 것도 저 정도면 그럭저럭 괜찮은 편이고 성실해서요. 딱 제 스타일이에요."

"뭐 그럭저럭?"

그가 불만스러운 듯 말꼬리를 올리며 대화에 끼어들었다.

"한 가지 아쉬운 건 기타를 못 친다는 거지만."

"그래서 진수를 좋아하는구나? 완벽남이라."

"……"

"나도 배울 거야."

"그럼 곧 완벽해지겠네요. 언니 긴장 좀 하셔야 될 거예요. 날 풀리면 제가 곧 아저씨 뺏을 거거든요."

나는 '곧'이 언제일까 상상해 봤다. 저 어린애가 뺏어 가도 좋으니 그 날이 우리에게 있기나 했으면 좋겠다는 생각도 들

었다. 나는 회색시의 우중충한 분위기에 말려들지 않겠다는
듯한 여학생의 외계적인 당돌함이 맘에 들었다. 회색눈도, 회
색 행렬도, 무덤처럼 쌓인 죽음도, 어제 같은 오늘도, 오늘 같
을 내일도 여학생에게는 별 의미가 없어 보였다.

69

여고생은 엄마가 기다린다며 신발 상자를 신줏단지처럼 품
에 꺼안고 반과 귓속말로 인사를 나눈 후 문 쪽으로 걸어갔다.
"근데 이 신발 당장은 못 신겠네요."
여자애가 뒤돌아보며 못마땅한 듯 입술을 삐죽였다.
"왜?"
"눈이 녹아야 신죠. 이왕이면 부츠를 만들어 주지."
"싫으면 내놔."
"언젠간 눈도 녹겠죠?"
"……"
"아, 그러면 눈이 녹을 때까지 신발 잃어버리는 꿈을 계속
꾼단 말인가."
여학생이 문을 열고 나가자 그가 큰 소리로 말했다.
"나랑 결혼하고 싶으면 공부나 열심히 해. 세상이 어수선

하다고 빨빨거리고 돌아다니지 말고 집에서 수학 문제나 하
나 더 풀라고."

"잔소리쟁이."

"대학은 무슨 과로 갈 건데?"

"수의학과요."

"괜찮네."

"세상이 무사하면요."

"……"

"아저씨나 약속 지켜요. 전 들어갈 자신 있으니까요. 그것
도 수석으로."

"좋아하겠다. 진수가."

"……"

"바래다줄까?"

여학생은 신속하게 문을 닫고 가 버렸다. 말 많은 여학생이
돌아가자 컨테이너 박스 안은 정적이 나른하게 감돌았다. 허
전해진 느낌이었다. 몇 날 며칠을 집에 머물던 사람이 예고도
없이 떠나 버렸을 때의 허무와 허허로움 같은. 그것은 떠난 자
보다 남겨진 자가 크게 느끼게 되는 부재의 병폐였다.

68

그게 온다고 한다.

여고생 덕에 잠시 그 사실을 잊고 있었던 시간이었다. 이상하게도 여학생이 수의사가 될 수 있게, 여고생과의 경쟁에서 누가 승리할 것인지 결과를 알 수 있도록 그게 오지 않았으면 좋겠다는 생각이 들었다. 실은 그 애를 이길 자신이 있어서였다.

67

"자요."

그가 내게 리본 달린 길쭉한 종이 상자 하나를 불쑥 내밀었다. 무게감이 좀 느껴졌다. 줄을 잡아당기자 빨간색 리본이 수줍게 풀렸다. 상자 안에는 기다란 검은색 가죽 부츠 한 켤레가 들어 있었다.

"나한테는 왜 안 주나, 속으로 그랬죠?"

들킨 것 같아 쑥스러웠지만 부츠를 꺼내 복숭아뼈가 닿는 부근부터 무릎이 닿을 곳까지 쓰다듬어 봤다. 가죽 질감은 부드러웠고 마무리는 튼튼했다. 디자인은 심플하면서도 고급스러웠다. 그가 만든 신발다웠다. 그는 내가 신고 있던 낡은 부츠를 거칠다 싶게 벗겨 내더니 새 부츠를 직접 신겨 주었다. 낮은 굽의 그것은 안 신은 듯 발에 꼭 맞았다. 내 발 모양과 걸음걸이, 좋아하는 스타일에 대해 오랫동안 연구하고 공부한 부츠란 걸 신자마자 바로 알 수 있었다. 털이 두툼하게 내장되어 있어서 양말을 여러 겹 신지 않아도 발이 시리지 않을 것 같았다. 안쪽 가죽에는 내 이니셜이 인두로 새겨져 있었다.

"너무 예뻐요."

"맘에 들어요?"

"무척요. 이런 스타일 좋아하는 거 어떻게 알았어요?"

"여자 친구잖아요."

나는 그의 여자 친구다.

"고마워요."

"나중에 더 예쁘고 좋은 걸로 만들어 줄게요."

나중에 만들어 줄 구두는 얼마나 더 좋고 예쁠까.

"아, 앞으로 신발 잃어버리는 꿈은 안 꾸겠네요."

"해인 씨도 그런 꿈을 꿔요?"

"네."

"나돈데."

"신발이 이렇게 많은데 왜요?"

"남들 신만 만들어서 그런가 봐요."

"그쪽 신발은 만든 적 없어요?"

"네."

"왜요?"

"내 신까지 만들고 나면 진짜 만들고 싶은 게 없어져 버릴까 봐요."

"일부러 안 만든 거예요?"

"네."

"……."

"실은 나도 싸가지처럼 어렸을 때 신발이 너덜너덜해져서 발가락이 훤히 보일 때까지 신었어요. 여름에는 괜찮지만 겨울이 되면 발이 시려서 견딜 수 없었어요. 테이프로 칭칭 감아도 보고 못으로 박기도 해 봤지만 오래가지는 못했어요. 그때는 신발 걱정만 않고 살면 뭐든 할 수 있고, 뭐든 될 수 있을 것 같았는데."

그러던 어느 날, 그는 눈에 젖은 운동화를 연탄불에 말리다 그만 조는 바람에 시커멓게 태워 먹은 적이 있었다고 말했다. 신발을 더 이상 고쳐 신을 수도 없게 된 것이었다. 이왕 못 쓰게 된 거, 하며 그는 신발을 해체하기로 마음먹었다. 도대체 어떻게 만들었기에 그리 쉽게 떨어지는지 궁금해서였다. 분해된 신발은 다시 복구되었고, 해체와 복원이 거듭될수록 신발의 '원리'가 재미나게 드러났다. 그는 더 많은 원리와 구조를 알아내기 위해 다른 친구들이 식물이나 곤충채집을 하러 돌아다닐 때 쓰레기통을 뒤져 신발을 모았다. 종류별로 수집한 신발은 쌀가마니로 열 개가 넘었다. 수백 개의 신발을 매일 밤 분석하고 났더니 나중에는 자연스레 신발을 만들 수 있게 되었다. 백열등을 쳐다보며 그는 처음으로 어린 시절의 자기 모습에 대해 이야기해 주었다. 왠지 그런 얘기는 형광등보다 백열등 아래서 하는 게 어울리는 것 같았다. 우리 집처럼 그도 낡은 부엌에 백열등을 걸어 두고 살았던 모양이었다. 그의 인생 모토는 '발이 편해야 인생이 편해진다'였다. 내 인생이 편치 않았던 건 발 때문이었을까. 곰곰 생각해 보니 발이 아프고 불편했던 적이 많았던 것 같았다.

"근데 해인 씨는 왜 그런 꿈을 꿔요?"

"말했잖아요. 가난해서 담임한테 뺨을 맞았었다고."

"아, 그랬죠."

"살 만해진 건 얼마 안 됐어요."

"그래요."

"복도 지지리 없지. 살 만하니까 세상이 요 꼴 될 줄 누가 알았겠어요."

"우리도 공통점이 있었네요."

"다행이죠."

"우리 내일 그 선생이란 작자 혼내 주러 갈까요?"

"어떻게요?"

"똑같이요."

"좋아요."

나는 상상만으로도 기분이 좋아졌다. 그러나 습관처럼 던졌을 내일이란 말에 문득, 그도 무심코였겠지만 누구보다 그가 내일을 원하는 사람일지도 모르겠다는 생각이 들었다. 그래서 회색시를 떠나지 못하는 거라고. 나는 내 뺨을 때렸던 선생을 찾아갈 걸 또 상상하며 몇 발짝 내딛어 봤다. 이 부츠라면 어디에 숨어 있든 젖지 않고 찾아갈 수 있을 것 같았다.

"신발 선물하면 도망간다던데."

걸으면서 농담 삼아 던진 내 말에 그가 들리지 않을 만한 낮은 목소리로 읊조렸다.

"도망 갈 데라도 있으면."

66

그 말에 나는 그와의 첫 데이트를 떠올렸다. 생각해 보면 이상한 데이트였다. 회색 눈이라는 고립된 상황이 그렇게 만든 것일 수도 있지만, 처음부터 끝까지 모든 게 다. 우리는 서로의 이름을 묻지 않았고, 그는 내 직업이 뭔지 알려고 하지 않았다. 보통 데이트 상대에게 궁금해하고 확인하고 싶어 하는 걸 그는 묻지 않았다. 생략이었다. 그렇다고 다른 걸 묻지도 않았다. 어떻게 자랐는지, 좋아하는 건 뭔지, 한 달 동안 왜 자신의 주변을 배회했는지에 대해서도 물론. 마치 이미 다 알고 있다는 듯이. 시간이 많은 사람들처럼, 나중에 천천히 물어봐도 된다는 듯이. 그렇다고 시간이 많은 것도 아니었다. 우리는 한 마디의 말도 하지 않은 채 가만히 컨테이너 박스 안에 마주 앉아 불을 쬈고, 배가 고프면 요기가 될 만한 걸 찾아서 먹었다. 구둣방 주인과 손님 관계였을 때는 종종 대화라는 걸 나눴는데, 그래서 이젠 진짜 하고 싶은 말을 얼마든지 꺼내도 되는 사이가 됐는데도 말없이.

그렇게 첫 데이트를 끝내고 집에 돌아왔는데 이상하게 오랫동안 말을 한 것처럼 목이 아팠다. 잠자리에 들 즈음 나는 내가 암울한 세상으로부터 '도망갈 데'를 찾고 있었다는 걸 알게 되었다. 그리고 그도 내가 도망갈 곳을 찾아 자신에게 말을 걸었다는 걸 느끼고 있었다는 것도. 그런 사람에게 무슨 질문이 필요하다고 하겠는가. 그저 쉬었다 가게 하는 것, 그게 다라는 걸 알고 있었던 것이다. 그리고 나 역시도 그에게는 '도망 갈 데'였음을, 데이트 끝 무렵 그가 내게 다가와 해 준 진한 포옹과 입맞춤으로 알게 되었다. 벙어리도 아닌데 아무 말도 하지 않고 첫 데이트를 보낸 커플은 세상에 우리

뿐일 것이다. 그럼에도 조금도 답답하지 않고, 어색하거나 지루하지도 않았던 데이트 또한 그날뿐일 것이다. 우리는 최소한 '도망갈 데'가 서로에게는 있는 것이다.

65

선물을 받고 났더니 나도 그에게 뭔가를 해 주고 싶어졌다. 그런데 아무리 생각하고, 배낭을 뒤져 봐도 내게는 줄 만한 게 없었다. 이렇게 가진 게 없나 싶어서 실망스러웠고, 그런 것 하나 미리 준비해 두지 않은 나 자신이 창피하고 미웠다. 하는 수 없이 나는 그에게 당장 필요한 게 뭐가 있을까 궁리하며 머리끝부터 발끝까지 두루두루 살폈다. 두터운 점퍼 사이로 낡고 색이 바랜 베이지색 셔츠가 보였다. 운 좋게도 첫 번째 단추와 두 번째 단추가 아슬아슬 실에 매달린 채, 주눅 든 사람처럼 고개를 푹 떨구고 있었다. 왠지 당당하지 못한 단추 같았다. 그와 어울리지 않는 모양새라고 생각돼서 단추 두 개를 각각 한 손에 쥐고 뜯어 버렸다. 돌발적인 행동에 그는 당황해했다.

"단추 달아 줄게요. 셔츠 벗어 봐요."

그런 의미였냐는 듯, 그가 피식 웃더니 점퍼와 셔츠를 한꺼번에 벗어 주었다. 셔츠를 벗자 안에 입은 크림색 스웨터 왼쪽 어깨 솔기도 마침 뜯어져 있는 게 보였다. 나는 마저 꿰매 주겠다며 스웨터도 벗어 달라 부탁한 뒤 고백하듯 말했다.

"저 로망이 하나 있어요."

"어떤 로망요?"

"내 남자 옷을 꿰매 주고 싶은."

"옷 벗기려는 게 아니고요?"

짓궂은 농담을 무마하려는 듯 그가 얼른 스웨터도 벗어 주었다. 그는 내가 바느질을 하는 동안 저녁 준비를 하겠다며 자리에서 일어났다. 그의 엉덩이가 보였다. 하도 자주 입어서 그 부근은 늘어나고 반짝반짝 광이 나 있었다.

"바느질 바구니는 두 번째 책상 서랍에 있어요."

그가 팔을 걷으며 말했고, 나는 손잡이가 망가진 서랍을 손톱 끝으로 간신히 열었다.

64

저녁 준비를 하겠다던 그는 한 번도 나를 뒤돌아 쳐다보지 않았다. 나는 그가 일부로라도 그래 주어 좋다고 생각했다. 그가 저녁을 짓고, 나는 바느질을 하고 있으니 두메산골에서

속세와 거리를 두고 살아가는, 리얼 다큐 프로그램에 나오는 주인공이 된 듯했다. 나는 바늘에 실을 꿰다 말고 쌀을 씻고 있는 그와 기운 없이 누워 있는 반, 그리고 새까맣게 물든 창을 번갈아 쳐다봤다. 순간, 눈앞에 펼쳐진 모든 그림들이 불길할 정도로 비현실적인 감각으로 다가왔다. 바느질을 하고 있는 나마저도 내가 아닌 것으로 느껴졌다. 그것은 불안이나 두려움의 다른 이름이었다. 밖에서 간간이 들리는 비명소리와 창문을 들썩이게 하는 눈보라에 시간을 빼앗기고 싶지 않을 만큼 평화로운 광경이어서 그런 감정에 휩싸인 것 같기도 했다. 분명 밖에서는 유리창이 깨지고, 폭격인지 천둥인지 모를 소리들이 일어나고, 눈덩이가 무너지고, 누군가는 건물에서 뛰어내리거나 집 안에서 조용히 목을 매어 스스로를 파괴하고 있을 진데.

밤이라 그런 거라, 생각했다. 근데 정말 밤이라 그럴까. 잘 다독여 왔다고 장담했던 마음이 한순간에 풀어져 가뭄 맞은 논바닥처럼 짝짝 갈라지기 시작했다. 그 틈새로 온갖 감정의 잡동사니들이 파고 들어와 마구 흔들어 대고 있었다. 제어하지 않으면 정신 줄을 놓을 것만 같아 단춧구멍으로 매끄럽게 빠져나와 있는 바늘 끝으로 일부러 엄지손가락 세 군데를 찔렀다. 그가 놀라서 돌아보지는 않을까, 그래서 불안한 내 감정으로 인해 분위기가 사납게 될까 봐, 소리가 새 나가지 않도록 입술을 꽉 깨물었다. 이런 심리는 곧잘 상대방에게 옮겨 붙기 마련이라 되도록 혼자 감당하는 게 나았다.

소리 없는 비명을 타고 터져 나온 세 방울의 피는 한 군데서 모여 새빨간 점을 이룬 뒤 손바닥 쪽으로 흘러내렸다. 손 안에 고인 피를 보자 정신의 온도가 내려가면서 비현실감은 조금씩 옅어졌다. 나는 그 감각이 또 방문할까 두려워 몰래 약통에서 자낙스를 꺼내 삼켰다. 다시는 같은 느낌이 침입하지 못하도록 빗장을 채우려는 최후의 방책이었다. 그러고는 숫자를 세며 심호흡을 했다. 이대로 시간이 멈춰서 지금의 평화로움이 소설 속 삽화나 영화의 한 장면으로 삽입되어 영원히 재생 가능했으면 좋겠다고 생각하면서. 노래의 후렴구처럼 끝없이 반복됐으면 하고. 그러나 시간은 계속 흘러갔고, 피도 멈추지 않고 나왔다. '좋겠다는 생각'이란 '후회'처럼 결국은 모두 쓸데없고 소용없는 짓이었다.

63

그는 따뜻한 물에 불린 사료를 반에게 먼저 준 뒤 저녁상을 내왔다. 김치찌개와 달걀말이, 마른 김과 깨소금을 뿌린 간장이 전부였지만 푸짐한 저녁이었다. 그는 예전에 나와 나

녔던 대화를 기억하고 있는 것 같았다. 그는 두부와 돼지고기를 넣고 끓인 김치찌개를 사이에 두고 나와 밥을 먹던 중 지나가는 말처럼 가볍게 물은 적이 있었다.

"오늘이 해인 씨 인생의 마지막 날이라면 최후의 만찬으로 뭘 먹고 싶어요?"

그 질문에 나는 빠르게 이렇게 대답했다.

"평소에 먹던 거요."

'최후'라는 단어가 맘에 좀 안 든 데다 환자에게 '최후'가 될지도 모를 어려운 수술을 참관하고 병원을 나온 터라 수많은 음식 중 한 가지를 골라야 한다는 게 귀찮아서 단지 그렇게 대답했을 뿐이었다. 그런데 거기서 끝날 줄 알았던 그의 질문은 다시 이어졌다. 이상하게 목소리가 진지하다고, 그때는 생각하지 못했다.

"평소에 먹던 걸 선택한 이유가 있어요?"

"평소에 안 먹던 거 먹다 배탈이라도 나면 마지막 남은 하루를 망치게 되잖아요."

나는 다시 귀찮아서 별생각 없이 그렇게 대꾸하고는 발라낸 돼지고기 비계를 냅킨에 올려 두었다. 그도 공감한다는 듯 김치찌개에 잠긴 두부를 숟가락으로 뚝 잘라 먹으며 고개를 끄덕였다. 그러면서 또 물었다.

"평소에 먹던 게 뭐예요?"

그날도 음식점 유리창 밖으로는 회색 눈이 빈틈을 내주지 않으며 내리고 있었다. 회색 도화지 같은 허공이었다.

62

그리하여 배탈 나게 하지 않을, 내가 평소에 즐겨 먹던 음식으로 저녁상이 차려졌다. 늘 먹던 것이라지만 그가 이 순간을 위해 어렵게 구해 놓은 음식이란 걸 알고 있었다. 그렇다면 그는 이것이 우리에게 최후의 만찬이 될 거라 생각하고 있다는 것일까. 그가 결국은 그 말을 믿고 있다는 뜻으로 받아들여야 하는 것일까. 과연 나는 이 저녁을 맛있게 먹을 수 있을까. 내가 숟가락을 집어 첫술을 뜨려고 하자 그가 말했다.

"바느질은 다 됐어요? 추워서요."

그가 양손으로 팔뚝을 감싸며 문질렀다. 나는 숟가락을 상에 내려놓고 셔츠와 스웨터를 그에게 건넸다. 그가 한 여자의 로망을 꼼꼼하게 들여다보더니 대뜸, 이렇게 물었다.

"해인 씨, 혹시 색맹이에요?"

대뜸이었지만, 기분이 나쁘다거나 한 건 아니었다. 예상했던 말이기도 했다.

"색맹은 의사가 될 수 없어요."

"그럼 맞는 실이 없었어요?"

"아니요."

"근데 실 색깔이 왜 이래요?"

"맘에 안 들어요?"

"아니요."

"그럼요?"

"이러면 꿰맨 의미가 없잖아요."

"왜요?"

"바느질이란 게 단추를 새로 달았거나 옷이 터졌다는 걸 감쪽같이 속이기 위해서 하는 건데, 이렇게 눈에 띄는 색으로 해 버리면 다 알잖아요. 아, 저 스웨터는 예전에 터진 적이 있었구나, 저 단추는 다시 단 거구나."

"알아요."

"일부러 그랬다는 거예요?"

"네."

"왜요?"

나는 꾸물거렸다. 의도치 않게 자꾸 말이, 소심하게 구겨졌다.

"말하기 싫어요?"

"아니요."

"그럼요?"

"창피해서요."

"괜찮아요."

"그냥 말 안 할래요."

"궁금해서 그래요."

"궁금해요?"

"진짜 궁금해요."

"대신 안 웃기예요."

"알았어요."

그가 약속을 걸자 좀 머뭇거리다 말했다.

"……옷을 볼 때마다 내가 꿰매 준 거란 걸 잊지 말아 달라고요."

"네?"

"그러니까 눈에 자꾸 거슬리면 자연스럽게 생각날 거 아니에요. 다른 사람들이 셔츠를 보고 단추가 떨어졌었나 봐요? 하고 물으면 내가 생각날 거고, 스웨터 어깨선을 보고 맞는 실이 없었나 봐요? 하고 사람들이 놀리면 내 존재를 잠깐이라도 떠올리지 않을까……"

그가 갑자기 파안대소를 했다. 반도 놀라서 고개를 들어 그를 쳐다볼 만큼, 예기치 못한 웃음소리여서 나도 조금 당황했다. 그게 얼마나 컸냐면 밖에서 벌어지고 있는 소란이 하나도 신경 쓰이지 않을 정도였다.

"안 웃기로 했잖아요."

"기발해서, 기발해서 웃는 거예요."

그는 그 뒤로도 한참 동안 배에 손을 올려 두고 웃었다. 내 숟가락에 반찬을 집어 주면서도, 국물을 뜨면서도.

"옷마다, 그렇게 표시해 두면, 바람피울 일은, 절대 없겠네요. 그죠?"

"그게 그렇게 웃겨요?"

"네, 웃겨요. 눈물 날 정도로 웃겨요."

그가 정말로 눈물이 나는지 눈가에 맺힌 물기를 손등으로 닦아 내고 코를 훌쩍였다. 나는 진지했으므로 따라서 웃지 않았고, 웃음도 나오지 않았다. 순간 나는 그가 웃음의 도움을 빌려 울고 있는 건가, 라고 생각했다. 웃음이 깊어지면 눈물이 나기도 하는 몸의 반응을 이용해 실컷 울고 있는 건가, 하고. 평소 그는, 사내란 눈물을 보여서는 안 된다는 신조를 갖고 있던 사람이었기에, 나는 그가 신념을 지키면서 울도록 놔 두었다.

61

그는 미소 진 얼굴로 스웨터와 셔츠를 차례로 입었다. 내 딴에는 부츠에 대한 좋은 답례 선물이 된 것 같다고 만족했다. 그도 그렇게 생각해 주는 것 같아 기분이 나아졌다. 과거 누군가에게 준 선물들에 비하면 싸구려에 가까운 것이지만 오늘만큼은 누구도 값비싸다고 인정해 줘야 하는 거였다.

베이지색 셔츠에 주황색 실로 단 단추가 거슬릴 정도로 눈에 들어왔다. 내 의도대로 옷을 보게 되면 누구라도 단추의 사연이 궁금해 묻지 않고는 못 배길 것 같았다. 나는 그의 가슴팍에 야무지게 달린 단추를 한 번씩 쳐다보며 찌개 국물을 떠먹었다. 그도 한번씩 자기 단추를 내려다보고 간혹 웃으며 달걀말이를 베어 먹었다. 간장에 뿌린 깨소금까지 음식은 한 톨도 남기지 않았다. 식단은 평범하고 단출했지만 기억에 남을 만한 저녁 식사였다. 맛 때문이었고 조화롭지 않은 단추와 실, 그리고 숟가락을 놓을 때까지 계속된 그의 웃는 얼굴 때문이었다.

60

그게 온다고 한다.

그게 온다면 그가 지금 입고 있는 옷은 마지막이 될 것이다. 사람은 마지막에 입고 있던 옷을 죽어서도 쭉 입고 산다지. 그러니 그게 온다 해도 이제 나는 그를 어디서든 찾아 낼 수 있을 것이다. 찾아 내면 쫓아갈 수도 있을 것이다. 엉뚱한 색으로 꿰맨 단추와 스웨터 어깨 솔기를 보면 그라는 걸 금방 알아볼 수 있을 테니까. 그도 단추와 스웨터를 보면서 나의 존재를 자연스럽게 떠올리게 될 것이다. 그러면 잊지 않을 것이다. 그때 행주로 상을 닦으며 그가 물었다.

"쫓아와서 어쩌려고요?"

"연애하려고요. 그쪽이랑. 죽어서도."

그는 더 이상 웃지 않았다.

59

우리는 모처럼 맛있고 영양가 있는 음식으로 배부르게 저녁식사를 마쳤지만 반은 사료에 입도 대지 않고 있었다. 그가 걱정스런 눈빛으로 반의 코앞으로 사료가 담긴 그릇을 조용히 밀어 줬다. 반은 먹고 싶지 않다는 의사를, 고개를 반대쪽으로 틀어 버리는 것으로 전해 왔다. 그는 가만히 반의 감긴 눈을 쳐다보며 한숨을 두어 번 내쉬다 골똘하게 뭔가를 생각했다. 그러나 컨테이너 박스 문을 가냘프게 두드리는 소리가 그것을 방해했다. 이젠 누군가의 방문이 우리에게 그다지 달

갑지 않았고 두려움으로 다가오고 있었다. 귀중한 시간을 빼앗기고 있어서 불쾌하기까지 했다.

"누굴까요?"

내가 불안한 목소리로 물었다.

"낯선 사람은 아니에요."

"어떻게 알아요?"

"반이 꼬리를 흔들고 있어요."

그가 자리에서 일어나 문을 열었다. 제 힘이 아닌 광풍에 떠밀려서, 등이 심하게 굽은 노파가 썰매로 개조한 유모차와 함께 표류하듯 안으로 미끄러져 들어왔다.

58

"홍 여사님!"

그가 많이 놀란 얼굴로 삭정이 같은 노파의 손을 부여잡으며 말했다.

"그동안 어떻게 지내셨어요? 통 안 보이셔서……"

"걱정했는가."

그의 걱정과 달리 노파의 안색은 밝았다.

"2주에 한번은 꼭 오셨잖아요."

"안 와서 북망산 간 줄 알았는 갑네."

또와 아주머니의 전언이 있어서 그는 노파를 죽었다고 생각하고 있었다. 회색시에서 눈에 보이지 않는다는 건 죽었다고 단정하게 된 지 오래였다. 그러나 그는 그랬노라고 대답하지 않았다.

"많이 편찮으시거나 눈길에 미끄러지신 건 아닌가 했어요."

"내가 얼마 만에 온 거제?"

"두 달이요."

"그렇게 오래 됐는가."

"……"

"꼬박꼬박 오던 노인네가 두 달이나 안 보였으니 죽었다고 생각할 법도 허네. 요즘 세상이 사람이 돌아댕길 만해야 말이제. 따지고 보믄 나 같은 늙은이는 죽어도 열두 번은 죽었을 시간 아닌감."

그가 노파를 난롯가로 데리고 왔다. 노파가 걸음을 옮길 때마다 젖은 외투가 바닥에 질질 끌렸다. 자락 끝에는 회색 눈덩어리가 뭉쳐진 양털 모양으로 덕지덕지 붙어 있었다. 그래서 외투가 쓸고 지나간 자리에는 물기가 남아 있었다. 처음부터 외투가 컸다기보다 키가 줄어 그것이 바닥을 끌 정도가 된 것 같았다.

"그동안 왜 안 오셨어요?"

"잉, 그냥. 날씨도 뒤숭숭허고 길도 험해서."

"오늘은요?"

"겸사겸사, 총각 얼굴도 볼 겸 해서. 그동안 고맙다는 말 한 자리 못한 게 맘에 걸리기도 허고. 이래저래 속이 시끄러워서 나와 봤어."

그에게 마지막 인사라도 하러 온 것일까. 나보다 먼저, 그가 바닥으로 드리워진 노파의 얇은 그림자를 유심히 살폈다. 확인해 두고 싶었던 것이다. 그는 노파가 죽은 사람이 아니란 걸, 말랐지만 검고 뚜렷한 그림자를 본 뒤 안심하는 눈치였다. 유령은 그림자가 없다는 내 말을 이제야 믿는 것 같기도 했다.

"그 우산 맹근다는 친구는 잘 지낸가? 이름이 상 머시긴가 하던."

"상원이요?"

"잉, 상원이. 아 글씨 일주일 전엔가 오밤중에 갑자기 찾아와서는 우산을 산더미처럼 주고 갔당께."

"우산을요?"

"그것도 다 멀쩡한 것들을 말이여. 하도 많은께 장사해도 될 정도여. 그 친구한테 무슨 일 있는 건 아니제?"

그는 그냥 아무 일도 없다고 말해 버렸다. 노파는 그제야 좀 안도하는 표정이었다. 노파는 우산을 자기한테 몽땅 주고 간 이유가 궁금해서 그를 찾아온 것 같았다. 하지만 노파는 그 많은 우산 중 한 개도 갖고 오지 않았다. 그는 친구가 놓고 간 무지개 우산을 그때 처음으로 온전한 시선으로 쳐다봤다.

57

"식사는 하셨어요?"

"잉."

"뭐 드셨어요?"

"특별한 게 뭐 있었어. 평상시 먹던 거 먹었제."

굳이 묻지 않아도 노파가 먹은 저녁과 우리가 방금 깨끗하게 해치운 반찬이 크게 다르지 않을 것 같았다.

"저놈도 나만큼이나 살기가 벅찬갑네."

노파가 힘없이 누워 있는 반을 안쓰럽게 쳐다보며 말했다.

"나이를 먹었으니까요."

"늙으믄 다 그렇제."

노파가 깜빡 잊을 뻔했다는 듯 주머니에서 곶감 두 개를 꺼내 그에게 건넸다. 고맙다는 말 한 마디 못한 게 마음에 걸렸다더니 그것을 주기 위해 찾아온 것일까. 그가 받기를 거부하자 이번에는 노파가 내 쪽으로 와 '어른이 주는 건 받는 게 예의'라며 내 손에 억지로 쥐어 주었다. 거친 손이었고, 곶감

은 딱딱했다. 내가 난감한 표정으로 그를 쳐다보자 그냥 받아
두라는 듯 눈을 깜빡였다.

"박 씨 영감님은 아침에 들렀다 가셨어요."

"그 영감탱이 얘기는 나한테 왜 하는디?"

"오실 때마다 궁금해하셨잖아요."

"내가 은제?"

"혈색은 좋아 보이는지, 걷는 건 좀 어떤지 늘 물으셨잖아
요."

"앞으론 하지 말어. 그 난봉꾼 얘기는 듣기도 싫은께. 아주
그냥 징글징글하당께."

"싸우셨어요?"

"그런 밴댕이 소갈딱지는 살다살다 첨이여."

박 씨 영감님의 집주인 김 씨의 비보를 전했을 때는 고개
를 떨구고 눈을 감아 버렸다. 그리고는 한참 후에 말했다.

"사람 목숨이란 것이 그렇게 허망한 거여. 무서울 것 하나
없던 양반이 그렇게 갈 줄 누가 알았것어."

어쩌면 박 씨 영감님한테도 그와 비슷한 변고가 있을지 모
르지만 그는 그 얘기까지는 하지 않았다. 아직도 충격이 가시
지 않은 듯 노파는 복잡한 한숨을 내쉬더니 자리에 앉은 지
얼마나 됐다고 금방 일어났다.

"벌써 가시게요?"

"잉."

"몸 좀 녹이다 가세요."

"저놈의 눈이 더 오기 전에 얼른 움직여야제. 내 평생 저런 지독한 눈은 처음이여. 며칠간은 내 눈이 이상해졌다고 걱정했당께. 늙으믄 눈알도 늙어 빠져서 사방이 흑백으로 보인갑다고."

그러면서 노파는 어이없다는 표정으로 유모차를 끌어 왔다. 그는 두 달 동안 모아 둔 폐지와 폐품을 유모차에 차근차근 실은 뒤 흐르지 않도록 노끈으로 단단히 묶어 주었다. 노파가 다녀간 지 두 달이 넘었다고 했지만 신문이 끊긴 지도 그쯤 돼서 폐지의 양은 턱없이 부족했다. 그러나 폐품이라니. 재활용이라니. 노파도 현실 인식을 못하는 것일까. 이 판국에 그것을 모아 봤자 팔 데도 없을 것이고, 필요로 하는 곳은 더더군다나 없을 텐데. '재활용'이란 목적은 가졌으나 다시 활용될 거란 보장은 없는 물건들. 그거라도 모으지 않으면 살아 있다고 감각할 수 없을까 봐 험한 길을 뚫고 여기까지 온 걸까.

"끌 수 있으시겠어요?"

내가 봐도 노파는 자신의 몸조차 제대로 가누지 못하는 것 같았다. 등은 심하게 굽었고, 걸음은 굼떴으며, 유리창에 낀 성에 같은 눈동자는 어두울 게 뻔했다. 어지러운 눈 폭풍을 헤치며 어떻게 여기까지 왔는지 의심스러웠고, 또 왔던 길을 어떻게 되짚어 돌아갈지도 의문이었다.

"이래 봬도 요 유모차가 못 가는 데가 없당께. 내 운전 경력은 자그마치 10년이고."

그러면서 노파가 유모차를 천천히 문을 향해 밀었다. 다행히 유모차를 밀 때 노파의 모습은 경력자답게 튼튼해 보였다. 유모차에는 바퀴 대신 스키 플레이트가 달려 있어서 잘 미끄러졌다. 내 짐작과 달리 노파는 그와 우산을 주고 간 친구, 그리고 박 씨 영감님의 안부를 물으러 온 게 아니라 당장 오늘과 내일을 살기 위해 온 것 같았다. 그게 오고 안 오고는 노파에게 큰 관심거리가 아닌 듯했다. 관심사라면 오로지 하루를 지탱해 나가는 데 있는 것 같았다. 허무하디 허무한 게 삶이라지만 그래도 우리는 끝까지 살고 버텨야 한다. 딱 한 번뿐인 게 그거니까. 아니, 허무하지 않다. 누군가를 애달프도록 좋아하는 마음을 간직하고 눈을 감는다면 어찌 허무하달 수 있을까. 짊어지고 갈 수 없는 물질은 무상(無常)해도 마음은 그렇지가 않다. 그것은 붙들고 어디든 갈 수 있으니까.

노파가 가다 말고 돌아서서 그에게 물었다.

"내 눈이 이상한 건가."

"왜요?"

"단추 말이여. 고거 지금 오렌지색 맞제?"

노파가 눈짓으로 그의 셔츠 단추를 가리켰다.

"네."

"난 또 눈에 병이 생겨서 나한테만 오렌지색으로 보인다냐 했어."

"맞아요. 오렌지색."

"일부러 고 색으로 꼬맨 거여?"

네, 하며 그가 쑥스럽게 고개를 끄덕였다.

"요즘은 그런 게 유행인갑네. 하여튼 젊은 사람들이라 별나네."

노파는 입으로만 공허하게 웃으며 유모차를 밀고 밖으로 나갔다. 들어올 때와 마찬가지로 젖은 외투가 바닥을 쓸었다. 그가 유모차를 뺏어 들며 가는 데까지 배웅해 주겠다고 하는 걸 노인은 한사코 거부했다.

"늙어 빠진 노인네 해코지해 봤자 얻을 게 뭐 있다고."

그러면서도 노파는 유모차를 그에게 맡겨 두었다. 등 굽은 노파가 외투로 눈을 쓸며, 눈 속을 오리걸음으로 뒤뚱뒤뚱 걸어갔고 유모차가 느리게 그 속도를 따랐다. 두 사람을 보고 있자니, 뒷모습은 그 사람의 이면이라던 누군가의 말이 떠올랐다. 사람들은 저마다 자기 등에 어떤 삶을 살아왔는지 몰래 기록하며 살아가는 거라고. 그래서 습득한 삶의 감정을 그 등에 모두 짊어 두거나 숨겨 두면서 살아오는 건지도 모른다고. 그래서 잘 들키지 않고, 잘 볼 수도 없는 거라고. 뒷모습이란 남몰래 쓰고 꽂아 두는 자기 삶의 자서전인 것이다. 누구나 갖게 되는 지극히 사적이고 개인적인 스스로의 문학. 나는 회색 눈을 맞고 서서 두 권의 자서전이 눈보라에 희미해질 때까지 지켜봤다. 그러고는 내 등에 꽂혀 있을 한 권의 자서전에 대해서도 생각했다. 짧지만 나쁘지 않은 글이었다.

어디까지 배웅을 갔는지 그가 컨테이너 박스로 돌아오는 데 한참이 걸렸다. 그는 내게 웃음기 없는 얼굴로 말했다. 오는 길에 내내 단추와 나를 생각했노라고. 기억마저 얼리는 추위에서도 잊지 않았다며, 단추 선물 고맙다고.

56

그게 온다고 한다.

세상에는 그 말과 상관없이 평소 먹던 반찬으로 밥을 먹고, 하던 대로 폐지와 폐품을 주우러 다니며 하루치의 생계만을 걱정하고 사는 사람도 분명 있었다. 아무도 알 수 없는 것이다. 내일에 대해서는. 그러니 내일이 거짓말처럼, 혹은 한 편의 무언극처럼 소리 없이 찾아와 우리 옆에 시치미 떼고 앉아 있을 수도 있다. 나는 잠시, 내일 그와 무얼 하며 지낼 것인지 곰곰이 생각해 봤다. 놀라 눈이 번쩍 떠졌다. 그 '무엇'이

오늘 했던 것과 별반 다르지 않아서. 그리고 곶감은 평소와
달리 너무 달고 맛있어서.

55

창문으로 불량해 보이는 사내들이 시체인지 혼절한 자인
지 알 수 없는 사람을 바닥에 질질 끌며 컨테이너 박스 앞을
지나치고 있었다. 도시의 폭도였다. 야생의 하이에나처럼 썩은
고기만을 찾아 헤매는. 물건을 훔치고 사람을 때리고 죽이는.
밤에만 활동하는 그들은 대부분 지하 깊숙한 곳에 거주하는
자들이었다. 도시의 밤은 언제나 그들 차지였고, 도시에서 벌
어지는 악행은 그들로부터 비롯되고 있었다. 직업과 생활을
차마 버리지 못해 도시에 남은 사람들은 폭도들의 야행이 시
작되기 전까지만 일할 수 있었다. 그들은 일과를 끝내고 나면
도시를 약탈자들에게 넘겨 주고 잠이 들었고, 도시를 이어받
은 약탈자들은 마음껏 범죄를 저지르다 새벽이 되면 두더지
처럼 땅을 파고 들어갔다. 그곳은 눈도 바람도 추위도 없었다.
하지만 그건 그들만의 착각이자 바람이었다.

스, 스슥, 슥. 사람을 끌며 지나갈 때마다 기묘한 소리가 들
려왔다. 그들이 지나간 자리에는 평평한 길이 만들어져 있었

다. 마치 길을 닦으려고 사람을 끌고 가는 건가 싶을 정도였다. 한 무리의 폭도들이 요란한 소리를 내며 지나간 후 도시는 한 꺼풀 더 깜깜해진 것 같았다. 도시에 완전한 어둠이 존재한다면 바로 이런 모습일 것이다. 도시와 야간을 연결 지어 본 적 없던 나는 도시가 완벽한 어둠에 갇힐 수 있음을 회색 눈이 내린 뒤로 알게 되었다. 사시사철 당당하고 도도하던 도시가 결국 암흑 앞에 무릎 꿇고 만 것이었다. 시민의 안녕을 위해 세워 둔 가로등은 '안녕' 못하는 키다리 고철 덩어리로 전락한 지 오래였고, 고층 빌딩은 한순간에 무너지거나 찌그러질 수 있는 구멍 송송 뚫린 거대한 종이 상자나 다름없었다. 아파트들은 분양이나 임대를 몇 달 앞둔 새 아파트처럼 황량하기만 했고, 상가 간판은 불을 켜지 않은 것으로 영업 중단을 알려 왔다. 밤의 회색시에서 불빛은 멸종 위기에 처한 생물체와 다름없었다. 하늘의 장막인 구름과 땅의 양탄자인 눈이 모두 까만색에 가까워서 밤의 회색시는 거대한 어둠 덩어리였다. 그래서 밤은 밤보다 더 어두웠다.

54

그러나 밤에 밤에 대해 얘기하는 건 편안했다. 밤은 언제나 깜깜하고, 그래야 밤답지만 전깃불은 턱없이 부족하고 우주의 불빛이 사라져 버린 밤하늘은 양말인지, 양 떼인지, 유령인지 모를 정도로 얼룩덜룩한 흔적마저 보여 주지 않고 있어서였다. 밤의 면피. 아무것도 보이지 않으니, 보려고 노력하지 않아도 되어서 밤에 대한 얘기는 왠지 두려움 없이 시작할 수 있을 것 같았다. 그래서 그와 나는 밤에 대해 자주 얘기했다. 물론 보려고 해도 보이지 않기에 밤의 뒷담화는 무수한 상상 속에서나 가능한 일이었다. 우리는 서로 말을 주고받았다. 눈과 구름의 색깔은 더욱 까매졌을 것이고, 회색 행렬은 낮보다 세 배로 늘었을 것이며, 스스로 삶을 놓아 버린 자들은 회색 눈을 따라 어딘가에서 부지런히 낙하 중일 거라고. 세계보다는 자신을 믿는 게 고통에서 벗어날 수 있는 유일한 방법이라 여겨서 그러고 있을 거라고. 그것은 절정으로 치닫는 세계와 발악하는 인간의 모습이었다. 그러자 그가 말했다.

"그렇다면 그 사이에는 무엇이 있고, 누가 있을까요."

그것은 밤의 입에서 나온 말이었다. 한밤이라 나는 대답하지 못했다. 아니 대답하지 않았다. 밤이라 그래도 될 것 같아서였다.

하지만 암흑도 딱 한 가지 감추지 못하는 게 있었다. 바로 소리와 진동이었다. 회색인이 맥없이 눈밭으로 푹푹 쓰러지는 소리와 비명 소리, 눈보라가 휘몰아치는 소리, 하늘이 깨지는 소리, 땅이 갈라지거나 주저앉을 때마다 터져 나오는 지구의 기침 소리, 사람을 바닥에 끌고 가는 폭도들의 소리, 바닥과 유리창이 어깨를 들썩이는 소리, 썰매 끄는 소리, 습설에 건물들이 무너지는 소리. 소리와 진동은 낮보다 더 커졌다. 그래서 밤에 밤에 대해 얘기하는 건 졸지에 불편한 일이 돼 버렸고, 우리는 밤의 얘기를 중단해야만 했다.

우리는 가만히 난롯가에 턱을 괴고 백열등이 빚어 낸 미련한 그림자만 피곤한 눈을 깜빡이며 쳐다봤다. 나는 그림자가, 멍청해서 좋다는 생각을 처음으로 했다. 저녁이 되어도 그림자는 낮에 봤던 모양과 길이, 명암을 그대로 유지한 채 바닥과 벽에 멍하게 드리워져 있었다. 우리는 작아지지도 그렇다고 커지거나 늘어나지도 않는 그것에서, 변하지 않고 소리도 나지 않는 그것에서 안정을 찾으려 노력하고 있었다. 그래서 계속 쳐다봤다. 말없이 말이 없는 서로의 그림자만을. 어쩌면 우리 또한 잠깐이라도 좋으니 아무 생각 없는 그림자처럼 모자라지고 싶었던 건지도 모르겠다.

그러나 멍청한 상태는 그리 오래가지 않았다. 생각이 멈추지 않기 때문이었다. 혹독한 추위와 쏟아지는 눈과 뜨겁게 달궈진 난로를 보자 문득 크리스마스가 떠올랐다. 과거 우리는 깜깜한 하늘에서 불빛이 깜빡거리는 거대한 크리스마스 트리를 볼 수 있었다. 많은 날이 성탄절이었고, 구름이 자주 끼지 않은 밤하늘은 우리에게 항상 '메리 크리스마스'라고 인사해 주었다. 하지만 지금은 화이트 크리스마스처럼 매일 눈은 오고 있지만 하늘과 땅 어디서도 트리 불빛은 찾아 볼 수 없었다. 다만 아무도 보지 못하는 저 두껍고 검은 구름과 그늘 너머에서 자동으로 꺼졌다 켜지는 오색 트리가 홀로 깜빡거리고 있을 거라고만 믿고 있었다. 한 번도 꺼지지 않았던 것처럼. 그러고 보니 그와 나는 크리스마스를 함께 보낸 적이 없었다.

크리스마스뿐만 아니라 우리는 해 본 것보다 해 보지 않은 게 많았다. 우리가 만났을 때 세계는 이미 눈에 덮여 있어서 하고 싶어도 할 수 없는 것들이 많았다. 함께 자전거를 탄다거나 멀리 여행을 떠나는 것. 하루종일 침묵으로 걸어도 전혀 심심하거나 어색하지 않은 사이였지만 우리는 말없이 길고 곧게 뻗은 산책로를 걸어 본 적이 없었다. 길은 어디로도 가지 못하도록 사방이 막혀 있었다. 그래서 우리는 대부분의 시간을 컨테이너 박스 안에서 보냈다. 작은 박스에 혹은 깡통에 갇힌 연애. 하지만 그 박스와 깡통은 어느 날은 음악이 흐르는 카페가 되었고, 호수를 낀 벤치가 되었다가, 다시 이태리 레스토랑과 VIP영화관이 되었고, 가로등 하나 없는 으슥한 골목길이 됐나 싶으면 덜컹거리며 먼 데까지 달리는 기차가 되었다, 페치카가 있는 별장이 되고, 캠핑장에 친 1인용 텐트 속이 되었다. 우리의 연애는 핑크빛이 아닌 회색빛으로만 기억되지만 나쁘지 않은 데이트 코스였고, 우리가 가졌던 대부분의 추억은 네모 길쭉한 박스 안에 모두 담겨 봉인되어 있었다. 부식되지 않는 타임캡슐처럼. 기한을 압축해 넣어 둔 통조림처럼. 이대로 시간이 닫힌 채 보존된다면 우리는 천 년이 지나 발견될 수 있을까. 우리의 존재가 천 년 후에도 증명될 수 있을까. 만약 발굴된다면 우리에겐 어떤 상상과 이야기가 붙여질까.

51

타임캡슐에 아직 담겨 있지 않지만 넣어 두고 싶은 크리스마스. 그와 반은 무려 아홉 번의 크리스마스를 함께 보낸 사이겠구나, 라는 생각에 둘 사이가 다시금 부러워졌다. 그는 밥을 먹지 못하고 누워 있는 반과 계속 눈으로 얘기하는 중이었다. 반도 그런 그의 눈동자를 한쪽씩 번갈아 쳐다보며 그의 말을 경청하려고 애썼다. 마치 소리가 전달되지 않는 방음 유리벽을 사이에 두고 대화를 시도하는 연인 같았다. 그래서 내가 물었다.

"무슨 얘길 하고 있어요?"

"물어보고 있어요."

"뭘요?"

"왜 밥을 안 먹냐고요."

"뭐래요?"

"입맛이 없대요."

"그럼 먹고 싶은 게 있냐고 물어봐요."

"있대요."

"뭔데요?"

그는 한숨만 쏟아 낼 뿐 대답이 없었다. 구할 수 없거나 구하기 힘든 음식인 것 같았다.

50

하루가 통째로 온통 악몽이고, 그런 날들의 반복 속에서 반이를 우연히 길에서 만나 컨테이너 박스까지 따라간 후, 나는 종종 반이의 털을 장갑 끼지 않은 손으로 쓰다듬어 주기 위해 그곳에 들렀다. 반이에게 빵 한 조각을 주기 위해 찾아갔고, 마침 근처를 지나던 길이라며 방문했고, 눈이 너무 많이 온다며 들어갔고, 춥다며 무작정 노크를 했고, 출근 시간이 이르다면서 문을 열었다. 나중에는 둘러댈 만한 적당한 핑계거리가 없어지자 고장난 가족 신발을 들고 들렀고, 맡긴 신발을 찾으러 왔다며 또 들렀다.

그는 내게 좀 신기한 사람이었다. 내가 지금까지 봐 온, 구두를 만지는 사람들은 대개 머리가 벗겨지고, 작은 키에 배가 볼록 튀어나오거나 얼굴이 쭈글쭈글하고 나이든 사람들이었다. 그래야만 구두를 만지는 거고, 그런 사람이 되면 구두를 고칠 수 있게 되는 거라는 편견을 갖고 있었다. 길을 걷다 보면 자주 눈에 띄는 수많은 구둣방이 그렇게 말해 주기도 했다.

그랬던 내게 구둣방을 지키는 젊은 남자의 모습은 새롭고 낯설어서 질리지 않았다. 굳이 묻지 않아도 그가 할 일이 없어서 그 일을 하는 게 아니라는 것을 알 수 있었다. 우선은 구두를 고치는 일이 좋고, 계획된 꿈이 있어서 열심히 하는 것이었다. 당연히 나 또한 왜 이 일을 하고 있으며, 하게 됐느냐고 묻지 않았다. 의사가 있듯 다른 사람의 신발을 닦고 고쳐 주는 사람도 어딘가에는 꼭 있고, 있어야 했다. 자기 몸을 못 고치듯 마찬가지로 신발도 못 고치는 사람이 많기 때문에 전문가가 필요한 것이다.

그는 대체로 도도하고 차가웠다. 손님에게는 친절했지만 그렇지 않은 사람에게는 무뚝뚝했고, 손님은 아니지만 친절이 필요한 사람에게는 넘치게 친절했다. 뭔가 꾸준한 데가 있는 남자 같았다. 그렇듯 도도함이나 차가움은 그가 가진 성격의 일부란 걸 잘만 관찰하면 금방 알 수 있었다. 반이를 쳐다볼 때면 어김없이 나오는, 묘하게 퍼지는 눈빛 말이다. 언제부턴가 나는 그가 똑같은 눈빛으로 나를 쳐다봐 주길 바랐다. 그리고 더 이상 가지고 갈 고장난 구두가 없자 나는 멀쩡한 굽을 일부러 부러뜨려야만 했다. 한여름에 신던 샌들이었다. 여름이 오지 않는 한 신을 일 없는 구두를 고치기 위해 그를 찾아간 것이었다. 그를 처음 본 지 한 달 만이었다.

그날은 다른 날과 달리 딱딱한 나무 스툴에 앉아 구두가 고쳐지는 과정을 쭉 지켜봤다. 엉덩이가 아팠지만 그의 손놀림 하나, 숨소리 한 가닥, 표정 한 점, 연장 소리 한 줌 놓치지 않으려고 애썼다. 생각보다 수선은 금방 끝났다. 그때 그가 종이 가방에 구두를 넣으며 말했다.

"샌들 신을 날이 올까요."

나는 대답하지 못했다. 그가 종이 가방을 건네며 이어서 말했다.

"일부러 망가뜨리지 마세요."

어떻게 알았을까.

"보면 알아요."

좀 창피한 생각이 든 나는 종이 가방을 받아들고 서둘러 컨테이너 박스를 나갔다. 밖에서는 무서운 기세로 눈이 내리고 있었다. 앞이 잘 보이지 않았고, 바람에 온몸은 휘청였다. 누군가 붙잡아 주면 좋겠다는 생각을 하며, 하늘을 향해 고개를 들었다. 전보다 진해진 회색 눈이 얼굴로 떨어져 스륵 녹았다. 그렇게 나는 한참을 서 있었다. 얼굴이 얼얼해지고 온몸이 얼어붙을 때까지. 더 이상 참을 수 없는 지경에 이르러서 숨이 안 쉬어지고 비명이 나올 때까지.

굳어 버린 입술을 뚫고 비명이 나오려는 순간, 나는 그것을 지르는 대신 돌아서서 컨테이너 박스 문을 열었다. 그러고는 문틈 사이로 꽝꽝 언 얼굴을 내밀고 꽁꽁 언 목소리를 겨우 내어 말했다. 그의 눈을 똑바로 쳐다보며.

"나, 나랑, 여, 연애, 하, 할래요?"

대답한 건 엉뚱하게도 그 옆에 앉아 있던 반이었다.

"멍, 멍."

하고.

49

한참 있다 그가 자리에서 벌떡 일어나더니 목도리를 집어 목에 칭칭 휘둘렀다.

"나가려고요?"

가죽 장갑을 끼고 있는 그에게 내가 물었다.

"네."

"어디요?"

"갔다 와서 말해 줄게요."

"같이 가요."

내가 서둘러 자리에서 일어나며 말했다.

"반은 어쩌고요."

나는 반을 돌아봤다. 반은 두렵다는 눈빛을 하고 있었다.

"금방 다녀올게요."

"그게 와 버리면요?"

"내가 먼저 올게요."

그가 컨테이너 박스 문을 열었다. 그런데 열린 문틈으로 그보다 먼저 광풍과 함께 누군가가 들어오더니 바닥으로 쿵, 소리를 내며 벌목된 나무처럼 넘어졌다.

바닥에 쓰러진 남자는 누가 봐도 회색인이었다. 그가 아는.

그가 아주 놀란 표정으로 알아보기 어렵도록 망가진 회색인의 얼굴을 더 자세히 뜯어봤다. 그러고는 곧 회색인의 이름을 크게 불렀다. 남자는 또와 분식 옆에서 조그맣게 기타 리페어숍을 운영하는 진수라는 청년이었다. 기타와 음악이 너무 좋아서 집안의 반대를 무릅쓰고 중학교를 중퇴한 후 외국에서 기타 공부를 하고 돌아와 3년 전에 숍을 열었다던 청년. 동물을 좋아해서 그를 대신해 반이를 자주 돌봐 주기도 했던. 자신의 인생인 기타조차 챙기지 않고 떠난 길이었는데, 청년은 처참한 꼴로 돌아왔다. 처음이었다. 돌아온 회색인을 만난 것은. 돌아온 회색인이 있다는 사실을 알게 된 것 또한.

우리는 청년을 얼른 난롯가로 끌고 갔다. 상태를 보니 청년은 끔찍할 만큼 오랫동안 굶주려 깡말라 있었고, 온몸은 딱딱하게 얼어붙어 있었다. 기타를 뜯던 고운 손가락은 망가진 채 동상이 걸려 있었다. 처마에 아슬하게 매달린 고드름처럼 청년은 조금만 힘주어 건드려도 바스러질 것 같은 몸을 부들부들 떨고 있었다. 그는 난로에 급히 장작을 더 넣었고, 나는 청년의 젖은 옷을 벗긴 뒤 담요로 몸을 감싸 주었다. 그러고는 수건에 뜨거운 물을 적셔 손발을 빠른 속도로 주물렀다.

의사로서 내가 할 수 있는 최대한의 응급처치를 짧은 시간 안에 마쳤다.

47

시간이 지나 정신이 좀 돌아왔는지 청년이 눈을 뜨고 입술을 달싹였다. 내가 청년의 입으로 귀를 갖다 대자 무, 라고 겨우 발음했다. 그가 청년의 상체를 들어 올려 미지근한 물을 먹였다.

"정신이 좀 들어?"

그의 물음에 청년은 우리를 번갈아 쳐다봤다. 하지만 청년의 얼굴은 공포감으로 일그러지기 시작했다. 그것은 죽음을 봤거나 아는 자만이 지을 수 있는 표정이었다. 청년이 병든 나무에 달린 썩은 나뭇잎처럼 몸을 한차례 바르르 떨더니 비명을 지르며 우리를 경계하는 눈동자로 노려봤다.

"여긴 안전하니까 안심해."

그런데도 청년은 경계심을 풀지 않고 우리한테서 벗어나려고 사지를 비틀어 댔다.

"안전하다고요!"

고압적인 내 말에 청년은 정신이 돌아온 듯 그제야 버둥대던 몸을 멈췄다.

"혀엉……"

"그래 나야."

그러곤 그가 물었다.

"어쩌다 이렇게 된 거야?"

청년은 목구멍이 말라붙어 버린 것처럼 쇳소리만 겨우
냈다.

"왜, 어떻게 돌아온 거야?"

청년은 눈만 간신히 깜빡거렸다. 대체 청년이 그곳에서 본
것은 무엇이고 겪은 것은 무엇일까. 청년은 거기서 왜 돌아온
걸까. 무언가를 알리기 위해 온 것일까. 돌아온 게 아니라 혹
시 도망쳐 나온 건 아닐까. 그렇다면 그곳은 어떤 곳일까. 무
슨 일이 벌어지고 있기에 도망칠 수밖에 없었을까. 궁금한 게
많았지만 청년은 눈꺼풀 들어 올릴 기력조차 없어 보였다.

"거기서 뭘 본 거야?"

그가 다시 물었다.

"사라드이……"

"뭐라고?"

"살고 시어……"

"왜 돌아온 거냐고."

"사려……"

"그래, 잘 돌아왔어."

"무서……"

"진수야 정신 차리자, 응?"

"아……"

"다 알았으니까 아무 말도 하지 마."

"……"

"유나가 널 많이 기다렸어. 그러니까……"

그러나 청년은 그가 말을 맺기도 전에 숨을 놓아 버렸다. 죽음을 목격한 듯한 눈동자를 그대로 간직한 채. 그것은 분명 공포에 의한 죽음이었다. 다급하게 응급처치를 해 봤지만 소용은 없었다. 어두운 동굴처럼 동그랗게 벌어진 입 안에서 희미한 온기가 빠져나왔다. 나는 손바닥으로 얼어붙은 청년의 두 눈을 감겨 주고 입은 오므려 주었다. 눈을 감은 청년의 얼굴은 그제야 평화로워 보였다. 이 시대에 죽음은 평화의 다른 이름이라도 된다는 듯 금방 고요한 표정이 되었다. 그는 고개를 비통하게 떨군 채 청년의 차가워진 몸과 살았대도 기타를 치기 어려워져 버린 손을 한참 붙들고 있었다. 반이 느린 걸음으로 다가와 애도하듯 청년 옆에 앉았다. 그때 나는 똑똑하게 봤다. 죽은 청년의 그림자가 점점 옅어지다 완전히 투명해지는 것을. 청년이 신고 있던 한 켤레의 젖은 양말과 남몰래 자기 방에서 애지중지 키웠을 한 마리의 순한 양이

하늘로 올라가 걸리는 순간을. 청년이 남기고 간 소지품으로
구름은 한층 시커매졌을 것이다.

46

청년은 그에게도 약속했었다. 돌아와서 기타를 가르쳐 주
겠다고.

우리는 청년이 덮고 있던 담요로 시신을 염한 뒤 밖으로
들고 나갔다. 흙에 묻어 주고 싶었지만 꽁꽁 얼어 버린 땅은
아무에게도 그 품을 허락하지 않을 거란 걸 우리는 이미 알
고 있었다. 그래서 그와 나는 눈을 팠다. 눈을 파는 것도 쉬
운 일은 아니었지만 될 수 있는 한 깊이 파려고 애썼다. 온전
한 곳에라도 묻어 주고 싶어서 그는 분노로 눈을 팠다. 이토
록 단단한데 이런 단단함을 사라지게 하기 위해 다가오고 있
는 힘은 얼마나 더 단단한 것일까. 그렇게 파다 보니 얼음 지
층이 나왔다. 조그만 더 파면 땅바닥을 볼 수 있을 것 같아
그가 삽을 지층에 내리 꽂았다. 하지만 굳게 닫혀 버린 그것
은 어림없다는 듯 막강하기만 했다. 불꽃이 튀더니 삽 끝이
안쪽으로 휘어지고 말았다. 눈이 눈에 폭력을 쓰면 묽거나 부
드러워지는 게 아니라 단단해졌다. 맞은 것과 때린 것이 단

단하게 엉겨 붙으면 얼음이 되는 것이었다. 얼음은 '눈'싸움의 결과였다. 그 얼음을 깨기 위해서는 그것들이 싸움에서 들인 만큼의 힘이 필요했다. 그와 나는 지금의 얼음 지층이 얼마나 오랜 폭력으로 이루어진 건지 몸소 느꼈다. 그러므로 지상 위로 쉴 새 없이 내리고 있는 건 한갓 눈이 아니라 나름의 힘이 었다. 그 힘이 똘똘 뭉쳐 이제는 사람들을 무자비하게 때리고 있었다.

우리는 하는 수 없이 차가운 얼음 바닥 위에 청년을 반듯하게 눕혔다. 그곳은 땅에 가장 가까운, 그나마 우리가 확보한 제일 낮은 곳이었다. 그는 자기가 갖고 있던 새 기타를 갖고 나와 청년의 목에 걸어 주고 파 두었던 눈으로 청년을 천천히 덮었다. 청년으로부터 받은 거라 어차피 그 기타는 청년의 것이나 다름없었다. 다리와 팔에 이어 마지막으로 청년의 얼굴이 회색빛으로 덮혔다. 이제 청년이 해야 할 일은 잘 썩는 것이었다. 하지만 그마저도 세상은 쉽게 허락하지 않을 것이다. 우리는 굳고 얼어 버린 허리를 간신히 펴고 무정한 하늘을 올려다봤다. 그의 얼굴로 달라붙고 있는 뒤엉킨 눈송이가 스르륵 녹아 눈물 모양으로 흘러내렸다. 돌아온 회색인의 눈 무덤 위로도 추운 회색 눈이 내려앉고 있었다. 그것은 청년의 양말과 양털에서 쏟아지는 난폭한 눈이었다. 그가 눈 쌓인 내 어깨를 두 팔로 감싸 안았다.

45

그게 온다고 한다.

눈은 멈추지 않았고 시간도 멈추지 않았다. 잔인한 비극도.
어떤 나쁜 것을 더 덧붙여도 나쁜 것의 끝은 여기일 것이다.

44

"식구들이 걱정돼요?"

그가 견디기 힘든 침묵의 무게를 깨고 먼저 물어왔다.

"근데 실은."

"……"

"청년이 무슨 말이든 해 버릴까 봐 그게 더 걱정됐었어요."

"……"

"아무것도 들은 게 없어서 오히려 안심이었어요."

"……"

"내가 어떻게 할 수 없는 거라면 차라리 모르는 게 낫잖아
요."

"맞아요."

"어쩌면 그 청년 일부러 말 안 하고 간 건지도 몰라요. 우

리를 생각해서 그랬는지도 모른다는, 괜히 그런 마음이 들었
어요."

"어린데도 배려심이 많은 친구였어요."

"역시 그랬군요."

"재주도 참 많았는데……"

상황을 이겨 보려 어금니를 깨물고 있는 그는 유나를 생각
하고 있는 것 같았다. 어쩌면 우리는 유나에게 어떤 얘기도
전할 수 없을지 모른다.

"근데 아까 어디 가려는 거였어요?"

"별거 아니에요."

"가더라도 어딘지 말해 주고 가요."

"다녀와서요."

"별거 아니라면서요."

"걱정 마요."

그가 자리에서 일어나려는데 가지 말라는 듯 노크 소리가
조그맣게 들려왔다. 반이 꼬리를 살랑 흔드는 걸 보니 낯선
사람은 아닌 듯했다. 급기야 반이 기운 없는 몸을 일으켜 세
운 뒤 앞다리로 바닥을 지탱하고 앉아서 빨리 문을 열어 주
라는 듯 입구 쪽을 향해 컹컹, 짖었다. 반이 오랫동안 그리워
하거나 기다려 온 사람 같았다. 이번에는 두려움보다 그게 누
군지 궁금했다.

43

그가 문을 열었다. 어둠 뒤로 모습을 드러낸 건 젊은 여자
였다. 그것도 아리땁다는 표현이 잘 어울리는 그런, 여자. 어
딘지 모르게 그와 닮은 여자. 내가 그토록 궁금해하던 연희
란 여자.

42

그는 여자를 보자 처음에는 좀 놀란 것 같더니 곧바로 냉
정을 되찾았다. 아니, 내 눈에는 냉정하려고 무진장 애쓰는
것처럼 보였다. 그는 문을 열어 주고 자리로 돌아와 앉자마자
낡고 더러운 구두 한 켤레를 집어 들어 어색하게 닦기 시작했
다. 여자와 눈을 마주치지 않으려는 의도 같았다. 그답지 않
게 구두를 닦는 손이 조금 떨렸던가. 아니면 서툴렀던가.

여자는 조용히 들어와 말 없이 구두 손질에 빠져 있는 그
를 한참 동안 지그시 바라만 봤다. 이상한 건 반이 계속 반가
움의 표현으로 여자를 향해 꼬리를 흔들고 짖어 대는데도 고
개를 돌려 그냥 쳐다만 볼 뿐이란 사실이었다. 반은 여자가
가까이 다가와 머리를 만져 준다거나 '그동안 잘 지냈니?' 같

은 인사말이라도 건네 주길 바라는 눈치였다. 아는 척이라도
해 줬으면 하는 것 같기도 했다. 그러나 반도 이상해 보이기
는 마찬가지였다. 그렇게 반가운 사람이면 달려가 애교를 부
린다거나 주변을 서성일 법도 하건만 자리에 돌부처처럼 붙
들려 앉아 자신의 감정을 몸짓과 눈빛으로만 전달하고 있었
다. 마치 여자와 반 사이에 건널 수 없는 깊고 넓은 강 하나가
놓여 있는 듯했다.

41

건널 수 없는 강이란 걸 알아 버린 건지 영리한 반은 금방
조용해졌다. 어쩌면 그와 여자에게 이야기할 시간을 주려는
것인지도 모른다는 생각이 들었다. 그러나 나는 반이 왜 그렇
게밖에 할 수 없었는지 곧 이유를 알게 되었다. 얌전해진 반
은 그들의 대화에 귀를 쫑긋 세웠다. 예의를 아는 것이었다.
그건 나도 마찬가지였다.

"어쩐 일이야?"

지금까지 들어온 그의 목소리 중에서 가장 차갑고 쌀쌀맞
았다. 내가 알고 있던 사람이 맞나 싶을 만큼의 한기가 퍼져
나갔고, 분위기가 어색해서 공기의 무게가 느껴질 정도였다.

여자도 나와 같은 느낌을 받았는지 섭섭한 표정을 지었다. 나는 그런 여자에게서 한시도 눈을 떼지 못했다.

"한 달 전에 상원 씨를 만났어. 잘 지낸다고 하더라. 그냥 생각나서 행렬을 따라가다, 잠깐 들렀어."

행렬이란 단어에 그가 구두 손질하던 손을 자신도 모르게 멈췄다.

"반가웠어. 불이 켜져 있길래."

하지만 이내 다시 그는 냉담한 손놀림으로 구두를 닦아 내려고 노력했다.

"여기 남아 있을 줄은 몰랐어. 다들 떠나는 마당에."

"가던 길이나 갈 것이지 왜 온 거냐고."

그들은 나를 없는 사람으로 취급하고 대화를 이어나갔다. 서운했고, 화가 났고, 또 질투가 났다.

"늦기 전에 얼굴이나 한번 보고 가려고."

"이제 와서 왜?"

"미안해서."

"뭐가?"

"우리 그날 그렇게 헤어진 거."

"지난 일이야. 난 다 잊었어."

"난 잊은 적 없어. 하루도."

그가 처음으로 여자의 얼굴을 똑바로, 그리고 오랫동안 쳐다봤다. 여자는 울먹이기 시작했고, 눈빛은 아련하고 고통스럽게 빛났다. 여자의 핑크빛 볼을 타고 물방울이 유리알처럼 투명하게 또르르 흘러내렸다. 같은 여자가 보기에도, 우는 것마저 예쁘고 사랑스런 여자였다.

40

"실은 내가 거짓말을 했어."

여자는 붉은 벙어리장갑 위에 거칠게 일어나 있는 보풀을 만지작거리며 말했다.

"딴 남자가 생겼단 거."

"그럼?"

"집에서 반대가 있었어."

"왜?"

여자는 장갑에서 뜯어낸 붉은 보풀을 돌돌 말아 바닥으로 떨어뜨렸다.

"왜냐고 묻는 내가 미친놈이지."

그는 다시 고개 숙여 구두를 솔로 빡빡 문질러 댔다. 아니 문지르는 척했다.

"내 맘이 변해서 그랬던 게 아니야."

"그래서?"

"……"

"다시 시작하기라도 하자는 거야?"

"염치없게 내가 어떻게 그래."

"그럼?"

"진심을 알아 줘."

"이제 와서 그게 무슨 소용인데."

"오해한 채로 끝나는 것보단 낫잖아."

"오해든 진실이든 나랑은 상관없어. 다 지난 일이라고. 그것도 아주 오래전에 끝난 일."

"자기랑 헤어지고 계속 혼자였어."

"……"

쓱, 슥슥, 스, 쓱.

"이게 내 진심이야."

"……"

스, 스쓱슥, 쓱쓱, 쓰.

"이것만 알아 줘."

"……"

그는 솔에 구두약을 묻혀 구두에 대고 싹싹 문질렀다.

"자기는 나한테 마지막 사람이었어."

"……"

슥슥, 쓱, 쓰슥.

"그러니까 너무 미워하진 마."

"……"

쓱쓱쓱, 슥스, 쓰스, 슥쓱

"후회도 많이 했어."

"……"

그는 하, 하고 구두코에 입김을 불어 넣었다. 하얀 김이 구두에서 옅어질 즈음 여자도 하, 하고 큰 숨을 몰아서 내쉰 뒤 혼잣말하듯 말했다.

"이제야 속이 시원하다."

"……"

쓱슥쓱쓰스.

"내 얘기 들어 줘서 고마워."

"……"

"그리고 미안해."

슥쓰, 쓱스스, 쓰쓱, 슥슥

"죽어서도 자기란 사람은 잊지 못할 거야."

"……"

쓱쓱, 슥.

"이렇게라도 보고 갈 수 있어서 다행이야."

"……"

그는 헝겊으로 구두 가죽을 빡빡 문질러 광을 낸 뒤 다시 솔질을 했다. 저들의 대화가 계속되다가는 구두가 닳아 없어질 것만 같았다. 여자의 장갑에 난 보풀은 이미 소리 없이 뜯어져서 말끔한 상태였다.

"나한테 마지막으로 하고 싶은 말 없어?"

"……"

스쓰쓱, 슥쓱, 쓱스슥.

"정말 없어?"

"……"

슥스쓱, 슥쓰, 슥슥.

"정말 없는 모양이네."

"……"

쓱슥, 스스쓰쓱, 슥.

"행운을 빌어."

"……"

스슥쓱, 슥스스슥, 스.

"이만 가 볼게."

"……"

여자가 서운하고 시무룩한 표정으로 돌아섰다. 다시 울 것 같았다.

아쉬움일까. 그가 서두르는 듯 망설이다 결국 입을 열었다.
하지만 시선은 여전히 구두에 둔 채였다.

"혼자 가는 거야?"

"응."

오랜 침묵을 흘려 보내고, 그는 여자에게 이렇게 말했다.

"조심해서 가."

"응."

"……"

"단추가 참 인상적이네."

그가 처음으로 여자를 똑바로 그리고 오랫동안 올려다봤
다. 자신을 쳐다봐 주어 고마웠던지 울음을 멈춘 여자는 환
하게 웃으며 문을 열었다. 그제야 그는 나의 존재를 인식한
것 같았다. 그가 미안한 표정으로 나를 바라봤고, 나는 다시
한 번 엉뚱한 실로 단추를 달아 주길 잘했다는 생각을 하고
있었다. 그사이에 여자는 사라지고 없었다. 나는 그에게 미안
해할 필요 없다고 말해 주었다. 하지만 그는 그게 무슨 뜻인
지 모르는 것 같았다. 나는 그가 몰라서 다행이라고 생각했
다. 그의 손에 들린 구두는 눈이 아릴 정도로 반짝반짝 윤이
나 있었다. 그의 구두였다. 어쩌면 여자와 잘 지내던 시절에

그가 즐겨 신었던 비싼 구두일지도 몰랐다. 여자가 사 주었던.

38

여자가 떠나고 그는 아무것도 보이지 않는 깜깜한 창밖만 혼 나간 사람처럼 내다보고 있었다. 폭도들이 시체인지 혼절한 자인지 모를 사람을 끌고 가는데도 별 반응이 없었다. 그는 그저 서 있는 것이었다. 나는 그에게 시간을 주기로 했다. 그리고 아무 말도 하지 않기로 했다. 컨테이너 박스 안으로 들어설 때부터 여자 뒤로 그림자가 따라오지 않았다는 사실을. 반과 나는 침묵하기로 약속했다. 한쪽은 말을 못함으로써, 다른 한쪽은 말을 안 함으로써. 그러니까 우리 사이에 비밀이 생긴 것이었다. 서로 지켜야 할 비밀을 갖게 되자 둘 사이가 한층 가까워진 것 같았다. 기묘한 건, 여자가 조금도 무섭지 않았다는 것이었다. 그저 다른 부류나 체질에 속하는 사람으로 여겨질 뿐이었다. 여자가 잠시 머물렀던 자리에는 벙어리장갑과 똑같은 색깔의 보풀이 떨어져 있었다. 그것은 마치 빨간 눈송이 같았다.

37

그게 온다고 한다.

여자가 머문 시간이 꽤 길었다고 생각했지만 시계를 보니 여자는 우리의 시간을 겨우 5분밖에 빼앗지 않았다. 여자는 꿈처럼 잠깐 그를 다녀간 것이었다. 나 또한 아주 길었던 것 같은데 막상 깨고 보니 5분도 안 되는 짧은 꿈 한 편을 꾼 듯한 신묘한 기분에 빠져들었다.

36

"누구냐고 왜 안 물어요?"

그는 창밖으로 지나가는 약탈자들을 쳐다보며 물었다. 나와 눈을 맞추기가 미안해서 그러는 것 같았다.

"세상에는 굳이 안 물어도 아는 게 있어요. 그리고 누구에게나 지나간 사람은 있기 마련이잖아요. 그리운 사람이든 증오하는 사람이든."

"해인 씨도 있어요, 그런 사람?"

"네."

그는 누구냐고 묻지 않았다. 나처럼. 다만 우리는 한 가지를 분명하게 알게 되었다. 투명해서 그 앞에서는 아무것도 감출 수 없었던 여자가 하나만은 완벽하게 감췄다는 사실을. 그가 읽지 않고 덮어 버렸다던 작가의 말. 아마 여자가 떠나고 그는 나와 비슷한 생각을 했을지도 모르겠다. 결국 극을 바꾼 건 자신이었다고. 그렇다면 우리 가족은, 내가 그에 대해 '구두 만지는 사람이야.'라고 한다면 그들은 내게 어떤 말을 할까. 지금이 좋은 건, 폐허의 도시가 누군가의 사랑을 새롭게 지어 올릴 수 있게 해 준다는 것이었다. 모든 게 파괴됐다고 절망하는 폐허 속에서도 꽃은 봉우리를 터트릴 수 있었다. 이어 나는 사랑에 대해서도 생각해 봤다. 사랑이란 것에 이별 없는 '영원'이 존재할 수 있는 것인지. 평생토록 사랑한다 확신해도 어느 한쪽이 먼저 죽어 버린다면 사랑과 상관없이 영원하지 못하게 되는 건 아닌지. 그렇다면 서로 열렬히 사랑하는 가운데 한날한시에 눈을 감는다면 가능해지는 것인지. 이대로 그게 온다면 말이다.

35

그는 마음이 한결 가벼워졌는지 창문에서 돌아서서 다시 외출을 서둘렀다. 그는 마지막으로 설피를 단 부츠로 신발을 갈아 신었다. 나는 그에게 어디 가냐고 묻지 않기로 했다. 물어도 대답해 주지 않을 것이기에. 그래서 나는 말했다.

"어디 가냐고 안 물을 테니까 대신 부탁 하나만 들어줘요."

"뭔데요?"

"이리 와 봐요."

나는 그의 팔을 끌고 준비해 둔 의자에 앉혔다. 백열등에 비친 그의 그림자가 벽에 잘 나타나도록 각도를 잡기 위해 그를 이리저리 돌려 앉혔다. 그는 아무것도 묻지 않고 힘을 뺀 자기 몸을 온전히 나한테 맡겨 두었다. 멍청한 그림자라서 그것은 시간이 지나도 줄거나 자라지 않았다. 그래서 흡족했다. 각도가 잡히자 나는 난로 옆 녹슨 페인트 통 안에 수북히 쌓여 있는 숯 무덤에서 숯 한 개를 집어들어 벽으로 가져다 댔다. 그런데 문제는 그림자가 세 겹을 이루고 있다는 것이었다. 어떤 게 실체거나 실체에 가까울까. 나는 고민하다 가장 안쪽, 제일 어둡지만 그래서 가장 선명한 그림자를 선택하기로 했다.

나는 벽에 드러난 세 번째 그림자를 따라 그의 옆모습을 천천히 그려나갔다. 숯이 그림자를 느리게 지나갈 때마다 사사삭, 하는 소리가 들려왔고 검은 숯가루가 바닥으로 떨어져 흩날렸다. 그림자 속 그의 콧날은 오똑했고, 입술은 얇고 가늘었으며, 턱선은 강직했다. 검은 숯이 닳아질수록 검은 폐곡

선으로 된 그가 조금씩 드러났다.

"말해 줄까요."

그가 물었다.

"뭘요?"

"전쟁터로 떠난 그 남자가 어떻게 됐는지요."

"움직이지 마요. 그림자가 흔들리잖아요."

"안 궁금해요?"

"네."

"왜요?"

"그건 그 사람들 얘기니까 우리하고는 상관없잖아요. 우리한테는 우리만의 얘기가 있을 거예요."

그는 더 이상 말하지 않았다. 짧지만 진지한 침묵 속에서 나는 그의 그림자를 바닥까지 벽에 그대로 본떠 그렸다. 그림자와 달리 침침하거나 까맣지 않고 안이 텅 빈 그것은 그를 완벽하게 닮은 또 하나의 그였다.

34

그는 컨테이너 박스를 나서기 전, 내게 여러 가지를 당부했다. 장작불을 꺼뜨려서는 안 된다는 말과, 양동이에 물을 담아 뜨겁게 끓여 달라는 부탁, 그리고 불빛을 약하게 해 두고 아무한테도 문을 열어 줘서는 안 된다는 경고의 말도. 내가 눈을 맞지 말라는 뜻으로 졸부가 놓고 간 무지개 우산을 건 넸지만 그는 받지 않았다. 대신 문을 열고 나가다 말고 돌아서서 내 눈을 무안할 정도로 똑바로 쳐다보며 말했다.

"언제부터 좋아했냐고 물었죠?"

"……"

"어디가 제일 좋았냐고 물었죠?"

"……"

"얼마나 좋아하냐고 물었죠?"

"……"

"보자마자 알았어요."

"……"

"이 사람이다."

"……"

"내가 찾던."

"……"

"해인 씨가 나를 좋아하는 것보다 늘 한 뼘 더 해인 씨를 좋아해요."

"……"

"해인 씨를 위해 죽어도 좋아요."

"……"

"일찍 말하지 못해서 미안해요. 그랬다면 한 달을 벌 수 있었는데. 두려웠던 것 같아요. 뭐든, 오래되면 낡아지니까요."

그가 모자와 목도리 사이로 드러난 까만 눈동자로 나를 빨아들일 듯 오랫동안 쳐다봤다. 나를 반하게 만들었던 오묘한 눈빛으로. 내가 늘 원하고 상상하던, 하지만 그보다 더 강렬하고 애틋한 눈으로. 아마 내가 눈사람이었다면 그 눈빛에 녹아 없어지고 말았을 것이다. 나 또한 그의 눈 속으로 빨려 들어갈 듯 흔들림 없는 눈동자로 한참을 바라봤다. 그도 나도, 결국에는 얼굴이 빨개지고 말았다. 그가 쑥스러운 듯 고개를 한번 숙였다 들고 말했다.

"고마워요."

"……"

"같이 있어 줘서요."

그가 눈으로 웃었다. 나도 웃었지만 가슴 한구석에서는 이것이 서로에게 마지막 모습일지도 모른다는 불안감이 자라나고 있었다. 나는 그 마음을 들키지 않으려고 서둘러 말했다.

"조심히 다녀와요."

"네."

"……"

"코에 묻은 숯은 다녀와서 닦아 줄게요."

갑자기 창피해져 나도 모르게 코로 손을 갖다 댔다. 하지만 이내 다시 뗐다. 행여라도 숯이 지워지면 그가 다녀와서 할 일이 없어져 버릴 것 같아서였다. 지워져 버리면 우리에게 안 좋은 일이 생길 것만 같은 예감이 들어서였다. 나는 그가 내 코에 묻은 숯을 닦아 주기 위해서라도 무사히 돌아오길 바랐다. 말하자면 그것은 우리 사이에 생긴 짧은 약속이었다. 그렇게 그는 자기 그림자를 두고 집을 나섰다.

33

그를 보내고 문을 잠그고 돌아서자, 뒤늦게 코린트의 그 남자가 어떻게 됐는지 궁금해지고 말았다.

32

생각보다 그의 귀가는 늦어지고 있었다.

나는 그와의 약속을 지키기 위해 난롯불이 꺼지지 않도록 주의를 기울였고, 양동이에 물을 가득 담아 난로 위에 올려 두었으며, 백열등을 두꺼운 종이로 둘러서 불빛이 밖으로 새 나가지 않도록 애썼으며, 그 누가 다급하게 노크를 해도 문을 열어 주지 않았다. 전장에 나간 연인을 기다렸다던 도공의 딸의 심정도 이러했을까. 눈에 보이는 모든 것들이 나를 불안하게 만들었고, 모든 상황들이 왜곡되어 보이기 시작했다. 눈은 더 시커매진 것 같았고, 눈보라와 폭설은 더욱 광폭해진 것 같았고, 사람들의 비명 소리는 훨씬 가까워진 것 같았고, 폐병 걸린 지구의 기침은 한층 격해진 것 같았고, 홍수처럼 불어난 회색인들은 컨테이너 박스를 건드리며 지나가는 것 같았고, 여기저기 쌓여 있던 눈덩이가 무게를 이기지 못하고 동시에 무너지는 것 같았고, 땅은 빠른 속도로 꺼지는 것 같았고, 사람을 바닥에 끌 때 나는 스, 스슥, 슥 소리는 한결 가까워진 것 같았다. 그리고 눈보다 더 많고, 또 눈보다 더 빠른 속도로 사람들이 떨어져 내리는 소리가 들리는 것 같았다.

　나를 되려 초조하게 만드는 건 그가 부탁하고 간 것들이었다. 난로에 올려 둔 양동이 물이 끓어오를수록, 장작이 하나씩 타들어 갈수록, 내 불안도 그만큼 타들어 가고 끓어올랐다. 나는 펄펄 끓고 있는 양동이와 활활 타고 있는 난로를 안절부절하며 번갈아 들여다봤다. 마치 물과 불이 수십 개의 혓바닥을 내둘러 내게 약올리고 있는 듯했다. 그렇게 혀를 날름거릴 때마다 우리에게 허락된 시간이 졸아들어 무력한 수증기로 사라지는 것 같았고, 타들어 가서 쓸모없는 무딘 재로 변하는 것 같았다. 그가 올 때까지 이대로 놔뒀다가는 물이 말라 바닥만 남을 것 같아 양동이를 잠시 난로에서 내려놓기도 했다. 그의 귀가가 늦어지는 건 끓고 있는 물과 타고 있는 장작 때문인지도 모른다는 생각에. 실은 그가 돌아오기 전에 그게 먼저 와 버릴까 봐, 그래서 나 혼자 감당해야 될까 봐 두려웠다. 고작 장작이 타고 물이 끓는 걸로 시간이 낭비되고 있는 것 같아 참을 수 없었다. 진짜 속마음은 끓는 물을 끼얹어 타오르는 난로불을 꺼 버리고 싶었다. 불꽃을 죽이면 시간이 느려지거나 멈출 것 같아서였다. 하지만 차마 그럴 수는 없었다. 그건 그의 부탁이었고, 우리의 약속이었다. 어쩌면 그것은, 그가 내게 전한 마지막 말일지도 몰랐다. 그래서 나는 물이 조금 식으면 난로 위에 올려 뒀다 끓어오르는 조짐이 보이려고 하면 곧바로 바닥에 내려놓기를 여러 차례 반복했다.

29

그렇게 간신히 그와의 약속을 지켜 내고는 있었지만, 그 때문에 나의 초조함은 수그러들었다가도 다시 고개를 쳐들어 나를 노려보기 일쑤였다. 진짜 이 도시에 혼자 남겨진 기분이 들었다. '조용히 해!'하고 주문을 외친 듯 모든 게 정지한 것처럼 보였다. 매미가 어떻게 우는지도 갑자기 생각나지 않았다. 나는 손목시계를 들여다봤다. 차칵차칵차칵. 하지만 그것만은 멈추지 않고 계속 움직이고 있었다. 세 개의 시계 바늘은 세상에서 가장 정직하고 솔직하고 올바른 자세를 취하며, 한 걸음씩 착실하게 앞으로 걷고 있었다. 멈추는 실수도, 빨리 가려는 수작도, 늦게 가는 요령도, 주춤하는 부진도, 말미를 주는 아량도 없었다. 그것은 유일하게 사고도 고장도 나지 않았다. 무효화할 수도 없는 것이었다. 지구는 다 얼리면서 그것만은 어쩌지 못했다. 남은 시간이 얼마나 되는지 알 수 있다면 오히려 불안하지 않을까. 그렇다 해도 내가 할 수 있는 건 고작 기다리는 것뿐, 말하자면 시간을 마냥 흘려보내는 것

뿐이었다. 어느 순간 시계 발소리인 '차칵차칵차칵'이 '착각착
각착각'으로 들렸다. 시계가 발음한 대로 내가 지금 이 상황
을 크게 '착각'하고 있는 거였으면 좋겠다는 생각마저 들었다.

도저히 탈출구를 찾을 수 없어서 하는 수 없이 이번에도
자낙스를 꺼내 물 없이 그냥 삼켰다. 그러고는 백열등을 감싸
고 있던 두꺼운 종이를 잠시 거두고 그의 그림자가 그려진 벽
으로 다가갔다. 그가 앉았던 의자에 엉덩이를 내려놓고 그의
그림자에 맞게 내 그림자 각도를 틀어 봤다. 그의 큰 그림자
안으로 내 작은 그림자가 마트료시카처럼 온전하게 들어갔다.
한 겹이던 그의 그림자 안으로 세 겹의 내 그림자가 들어가
네 겹을 이루었다. 어떻게 보면 그의 그림자가 내 그림자를 보
듬어 주는 것 같기도 했다. 멍청한 그림자라서 시간이 지나도
그의 것이나 내 것이나 변하지 않았다. 충분히 절망적인 나는
그와 포개지고 겹쳐진 채로 한참을 움직이지 않고 멍하게 앉
아 있었다. 초조함이 누그러질 때까지, 숫자를 세며 눈을 감
고 조용히.

28

그러나 나의 불안을 단번에 무너뜨린 건, 나를 다시 눈뜨

게 한 건, 그의 귀가도, 회색인의 비명도, 창문을 때리는 폭
설도, 땅으로 무거운 게 박힐 때 나는 진동도. 컨테이너 박스
를 흔드는 지구의 기침도, 문을 두드리는 고집도, 회색인의 기
나긴 행렬도, 눈덩이가 굴러 떨어지는 소리도, 사람을 바닥에
끌고 가는 섬뜩한 움직임도, 그게 오는 조짐도, 두려움을 피
해 몸소 추락하는 사람들도 아니었다.

27

반이었다.

26

반이 또다시 발작을 일으키고 말았다. 콧물이 기도를 막
아 숨이 제대로 쉬어지지 않는지 반은 도와 달라는 듯 허공
을 향해 사지를 허우적댔고, 고개와 눈동자는 이미 절반이나
한쪽으로 돌아가 있는 상태였다. 나는 얼른 달려가 그가 했
던 것처럼 반의 코에 입을 대고 온 힘으로 콧물을 빨아들였
다. 기도를 막고 있던 누런 콧물이 내 입 안에 가득 찼다. 고

인 콧물은 바닥에 뱉어 낸 뒤 다시 반의 코에 입을 갖다 댔다. 빨아도 빨아도 콧물은 계속 나왔고, 그 사이 반의 고통스런 버둥질 또한 끝나지 않고 이어졌다. 그것은 살려 달라는 게 아니라 고통스럽다는 의미의 몸부림이었다. 그가 없는 상태에서 반에게 무슨 일을 당하게 할 수는 없었다. 나는 주문처럼 제발, 하고 외치며 빨아 냈다. 뱉어 낼 시간도 아까워서 나중에는 반의 콧물을 삼켜 버렸다.

그런데 어느 순간 반의 치열했던 발버둥질은 멈췄고, 고개가 옆으로 힘없이 툭, 떨어지면서 몸은 구멍 난 구명보트 마냥 바닥으로 축 가라앉았다. 잠시 정신을 잃은 것일까. 아니면 심장이 멎은 것일까. 심장 부근에 귀를 대 보니 고요했다. 이럴 수는 없었다. 이래서는 안 되었다. 나는 물먹은 솜처럼 무겁게 처진 반의 상체를 일으켜 세운 뒤 그가 하던 응급처치대로 뒷목덜미 부분을 세게 내리쳤다. 반의 이름을 부르며 온 힘을 다해 쳐 댔다. 기도를 막고 있을 가래가 어디로든 빠져나가도록.

25

눈물인지 땀인지 모를 물방울이 얼굴을 타고 반의 정수리

로 후드득, 떨어질 즈음 놀랍게도 축 쳐져 있던 반이 제 몸을
두 다리로 지탱하려 애쓰는 힘이 손바닥으로 미약하게나마
전해져 왔다. 멈췄던 심장이 다시 뛰면서 숨통이 트이기 시작
했다는 징조였다. 가능성이 생겼다는 신호음이었다. 나는 더
세게 목덜미를 쳐 댔다. 그러자 반이 입을 벌려 막혔던 숨을
컥 하고 토해 냈고, 힘이 더 생겨 스스로 목까지 조금 가누었
다. 돌아온 것이다.

얼마나 힘들었으면 반의 커다란 눈망울에 투명한 눈물이
그렁하게 고여 있었다. 반이는 그 눈으로 내게 말하고 있었다.
방금 무척 두렵고 고통스러웠노라고. 나 또한 같은 눈을 한
채 그랬냐고 고개를 끄덕여 주고는 그대로 반이 옆에 쓰러져
버렸다. 나는 손바닥을 펴 반의 심장에 갖다 댔다. 다시 한 번
확인해 보고 싶었다. 살았는지. 약하고 불규칙하지만 반의 심
장은 분명 뛰고 있었다.

24

그게 온다고 한다.

그게 오든 말든 나는 반과 함께 1분이라도 좋으니 고통과
걱정 없는 잠에 빠져들고 싶었다. 깨어나면 이 모든 게 꿈이

길 바라며. 끝없이 거듭되는 악몽이어도 상관없으니. 꿈이란 눈만 뜨면 끝나는 것이니.

23

잠에서 깬 건 누군가 문을 열고 들어오는 소리 때문이었다. 반도 깜짝 놀라 눈을 떴다. 이건 꿈일까. 내가 지금 보고 있는 건 누구일까. 얼마나 잔 걸까. 눈살을 찌푸리며 손목시계를 들여다봤다. 10분이 지나 있었다. 고작 10분을 잤는데 10년의 시간이 흐른 것처럼 아주 긴 꿈을 꾸었다. 그 꿈속에서 본 건 오로지 나뿐이었다.

그렇다면 잠들기 전의 모든 상황은 결국 현실이었단 것일까. 지금도 꿈을 꾸고 있는 것 같은데 생시란 말인가. 꿈이 아니라면 우리가 처해 있는 상황은 끔찍하지만 그가 무사히 돌아왔다는 사실은 다행이었다.

22

무장한 듯 숯눈을 뒤집어 쓴 그가 한 손에는 장작 몇 개를, 다른 한 손에는 검은 비닐봉지를 들고 서서 나란히 누워 있는 나와 반을 내려다보고 있었다. 내가 잠에서 덜 깬 표정으로 어떻게 들어왔냐고 묻자 그가 숨을 헐떡이며 손에 들고 있던 열쇠를 짤랑, 하고 흔들었다. 그러고는 열쇠 쥔 손으로 내 코에 묻은 숯을 닦아 준 뒤 무사해서 고맙다는 듯 가만히 안아 주었다. 그 소리와 감촉이 꿈에서 깨어나라는 신호라도 된 듯 목구멍 깊숙한 곳에서 울음이 터져 나왔다. 나는 그의 품에 안겨 한참을 울었다. 반이 달래 주고 싶었는지 힘없는 다리로 비틀거리며 일어나 마르고 갈라진 혀로 내 입술을 핥아 주었다. 그러자 이상하게도 소리가 뚝 멈췄다. 모두를 위해 그쳐야만 할 것 같았다.

21

정말 그가 살아서 돌아온 걸까. 동글동글 검은 눈사람처럼 서 있는 저기 저 사람이 진짜 그가 맞을까. 나는 팔을 잡아끌고 그림자가 그려져 있는 벽으로 그를 데리고 갔다. 그러고는 의자에 앉혀서 그의 얼굴에 그림자를 대 보는 게 아니라 그림자에 그의 얼굴을 맞춰 봤다. 콧등이며 입술이며 턱이며 한 치의 오차 없이 정확하게 얼굴과 그림자가 포개졌다. 그것은 그가 맞다는 대답이자 그림자를 가진 살아 있는 사람이란 증거였다. 나는 눈을 감은 뒤 그의 얼굴을 양손으로 만지고 더듬어 기억했다. 이젠 앞이 보이지 않아도 그를 알아낼 수 있으리라. 나는 눈을 떠 그를 한참 바라봤다. 그도 떠날 때 내게 보여 줬던 눈빛 그대로 나를 쳐다보고 있었다. 그가 먼저 돌아왔다. 약속대로. 그림자를 데리고. 우리는 서로의 얼굴을 맞대었다.

몸을 풀고 난 후 그는 내가 궁금해하고 말았던 그 이야기, 코린트의 남자가 전장에서 돌아오지 못했다는 얘기를 들려주었다.

20

안정이 되자 아까 보이지 않았던 것이 눈에 들어오기 시작했다. 그의 몸에 쌓인 숯눈에 몇 개의 붉은 점들이 박혀 있었다. 빠르게 회항하듯 회색 눈에서 숯눈을 거쳐 빨간 눈이 다시 시작된 것이었다. 나는 자리에서 일어나 창가로 다가가 블라인드 사이로 밖을 내다봤다. 유리창도 불그스름하게 얼어 있었고, 바깥 풍경도 점점 붉은 빛으로 변해 가고 있었다. 그것은 핏기를 머금은 부릅뜬 사람의 눈동자처럼 무섭게 내리고 있었다. 무슨 소식을 전해 주려고 도착한 빨간 봉투일까.
나는 창가에서 슬금슬금 물러나 그가 있는 난롯가로 도망치
듯 달려갔다.

19

정신이 온전하게 돌아온 걸 확인한 그가 아까 왜 그렇게
울었느냐고 물었다. 나는 아무 말도 하지 않았다. 반이 발작
을 일으킨 것에 대해서도, 끈질기게 들러붙어 나를 괴롭힌 불
안에 관해서도. 그리고 빨간 눈이 시작되고 있다는 사실도.
대신 무서운 꿈을 꿨노라고 둘러댔다. 그는 무슨 꿈을 꿨는지
묻지 않았다. 묻지 않는 그에게 고마웠다.

"봉지에 든 건 뭐예요?"

내 물음에 그가 안에 든 걸 자랑스럽게 꺼내 보여 주었다.

"오리예요?"

"아니요."

"꿩이에요?"

"닭이요."

목이 잘리고 털과 내장이 제거된 그것은 이미 깨끗하게 손
질되어 있었다.

"어디서 구했어요?"

"일주일 전에 부탁해 놓은 건데, 조금만 늦었어도 순서를 뺏길 뻔했어요."

그것은 일종의 전리품이었다. 그가 전쟁터에서 목숨 걸고 지켜서 가져온. 만족스러운 소득이었다.

"반이 주려고요?"

"미안해요."

"세상에서 제일 좋아하는 거잖아요."

그가 이해해 줘서 고맙다는 듯 웃고는 난로 쪽으로 갔다.

18

그는 장작을 넣어 꺼져 가는 불을 다시 살려 냈고 미지근 해진 물을 팔팔 끓였다. 물이 끓자 닭을 통째로 넣어 삶았다. 벌써 냄새를 맡고 낌새를 챘는지 반이의 눈동자와 얼굴에서 간만에 생기가 돌았다. 입안에 고여 있던 군침이 밖으로 질질 흘러나왔고, 꼬리로 바닥을 한번씩 살랑 쳐 댔으며, 간혹 빨리 달라는 듯 끙끙대며 보채기까지 했다. 바람대로, 닭은 금 방 삶아졌다.

17

그는 알맞게 식힌 닭을 알루미늄 쟁반에 담아 내왔다. 누런 기름기가 좔좔 흐르는 게 풍요로워 보이는 음식이었다. 그가 맨손으로 부드럽고 야들한 살을 먹기 좋게 발라 내는 사이, 나는 반이 잘 버틸 수 있도록 힘을 보태 주기 위해 양쪽 다리를 붙잡아 주었다. 그가 알맞게 바른 살을 주둥이에 가져다 대기 바쁘게 반이는 씹지도 않고 넙죽넙죽 잘 받아먹었다. 이가 아픈 것도 잊은 채 기름지게 입을 벌리고 먹는 반이를 보자 그도 나도 오랜만에 신이 났다. 우리는 한 점의 고기는 물론이고 껍질과 노란 국물조차 탐하지 않았다. 반이 맛있게 먹어 주는 것만으로도 충분히 배가 부르다는 생각이 들었다. 쟁반 위로 앙상한 뼈가 빠르게 쌓여 갔다. 그렇게 만찬이 끝났다.

16

밖에서는 컨테이너 박스를 훑고 지나가는 거친 바람 소리가 쉬지 않고 들려왔고, 어둠은 완벽에 가까울 정도로 짙고 깊었다. 세상에 다시 없을 그런 밤이자 어둠이었다. 눈 속에 파묻힌 수많은 시체들이 벌떡 일어나 집단으로 춤을 출 것만 같은 한밤이었다. 그가 식사를 마치고 포만감으로 한결 편안하게 누워 있는 반이를 바라보며 작게 말했다.

"알고 있을까요?"

나는 한참 만에 대답했다.

"알고 있어요."

"어떻게 알아요?"

"눈빛이요."

"눈빛요?"

반과 눈으로 대화하며 살아왔던 사람은 바로 그였다.

"사지가 마비된 사람들은 눈으로 말을 해요. 개들도 그런 사람들하고 똑같아요. 말을 못하니까요. 다른 건 몰라도 그런 뜻을 전하려는 눈빛은 제가 더 잘 알아요. 병원에서 많이 봐 왔으니까요."

"그렇군요."

"제일 걱정되는 게 뭐예요?"

"미워하거나 원망할까 봐요."

나는 발작을 일으키던 순간 반이 내게 간절한 눈동자로 보냈던 메시지를 상기했다.

"그런 걱정은 안 해도 돼요. 바라고 있으니까요."

"정말요?"

"정말."

"그렇다면 다행이고요."

"지금 가장 생각나는 건 뭐예요? 추억이라든가 뭐 그런 거요."

"미안한 게 있어요."

15

뛰어 놀기를 좋아하고 덩치도 큰 반이에게 컨테이너 박스는 너무 비좁았다. 산책을 시켜 주려면 그가 따로 시간을 내야 하는 경우가 많았다. 그가 바쁘다는 걸 안 반이는 종종 혼자 도시를 배회하다 밥때가 되면 몸뚱이와 주둥이가 시커매져서 돌아왔다. 목욕시킬 일이 생기면 직원의 허가를 받아 구청 화장실을 쓰곤 했지만 민원이 접수되는 바람에 더 이상 이용할 수 없게 되었다. 도시는 반이 지내기에 위험하고 불편한 구석이 많았다. 얼기설기 엮인 도로와 차가운 시선을 가진 얼굴들. 그리고 냄새난다, 더럽다, 털 날린다, 보행에 방해된다, 말귀를 못 알아먹는다며 발로 차는 사람들. 한번은 도로를 건너다 트럭에 치일 뻔한 순간도 있었다. 그날 그는 고민 끝에 반이를 좀 더 안전한 환경에서 지내게 해 줘야겠다 결정하고 여기저기 연락을 취했다.

며칠 후 전원주택에 사는 친구로부터 전화가 왔다. 넓은 앞마당에 개 한 마리쯤 뛰어 놓고 있으면 좋겠다던 친구 내외가 흔쾌히 반이를 맡아 주겠다고 한 것이었다. 그는 시간 나는 대로 사료와 간식을 사 들고 반이를 보러 가는 걸로 의견 일치를 봤다. 반이를 친구 집에 두고 돌아오던 날 밤, 그는 허전해서 잠을 이루지 못했다. 컨테이너 박스가 이토록 넓었던가. 궁금해서 새벽에 친구한테 전화를 했더니 반이는 아주 잘 먹고, 잘 놀다, 지금은 푹 자고 있는 중이라는 안부가 돌아왔다. 그는 좀 서운해졌다. 그래도 첫날인데. 두고 올 때는 따라 올 것처럼 발광을 하더니만. 섭섭함에 그는 일부러 닷새 동안 찾아가지 않았고 연락도 하지 않았다.

닷새가 지나 먼저 전화를 해 온 건 친구였다. 역시나 잘 지내고 있다는 전화인가 했지만, 반이 집을 나갔다는 소식이었다. 동네 사람들까지 동원해 근방 야산까지 샅샅이 뒤졌는데도 없더라고. 연락처가 적힌 목줄을 믿으며 그는 휴대폰을 손에 쥐고 반이를 찾으러 돌아다녔다. 여름이었고, 일주일 동안 사상 최고의 기온을 세 번이나 갱신할 만큼 무더운 날씨가 계속되고 있었다. 그러나 그 일주일이 지날 동안 아무런 성과가 없었다. 제보 전화 한 통 걸려 오지 않았다. 그의 속은 초를 다퉈 타들어 갔다.

그는 전단지를 뿌리느라 매일 저녁 초주검이 되어 컨테이너 박스로 돌아 왔다. 그런데 보름째 되던 날 밤 거기, 있었다. 갈증에 휘청거리는 다리가. 며칠을 굶어 얇아진 배가. 먼 길을 찾아오느라 고단해진 눈이. 꺼지지 않는 불안감으로 축 처진 귀와 꼬리가. 그는 반이를 보자마자 벽에 걸린 기다린 나무 주걱을 집어 들었다. 그러고는 사정없이 때리기 시작했다. 살이 없어서 주걱을 내려칠 때마다 그것이 딱딱한 뼈에 닿는 소리가 둔탁하게 들려왔다. 그렇게 맞으면서도 반이는 아프다는 소리를 한 번도 내지 않았다. 그저 그의 품으로 파고들 뿐이었다.

　"그때, 그때가 자꾸 생각나요. 조금만 참을걸. 왜 때렸을까요."

　그가 주먹 쥔 손을 꼼지락거렸다. 반이를 때렸던 손이었다. 나는 조금 떨고 있는 그 손을 움켜쥐었다. 동물이 아리기만 한 건 사람과 달리 상처를 줘도 모진 말을 할 줄 몰라서다.

　"미안해할 일이 있는 건 나쁜 게 아니에요."

　"왜요?"

　"그런 게 있어야 애틋해지잖아요. 하나도 없다면 생각나지도 그리워하지도 않을 거예요. 더 이상 빚진 게 없으니까요."

　"……"

　"반이도 그때는 이해했을 거예요. 늘 먼저 이해해 주잖아요. 우리보다."

14

나에 대한 이해심이 부족했던 엄마도 도시를 떠나던 날 만큼은 달랐다. 엄마는 욕심이 많은 사람이었다. 자존심이 세서 그것을 지키려다 독해진 사람이기도 했다. 재수 끝에 나를 의대에 합격시킨 건 나의 의지라기보다 엄마의 독기라고 하는 편이 맞았다. 나는 점점 엄마가 조종한 대로 움직이는 예쁜 인형이 되어 갔다. 가끔은 그렇게 사는 것도 나쁘지 않았다. 선택의 어려움을 엄마가 해결해 주면 골치 아픈 고민을 따로 할 필요가 없었으니까. 결과적으로도 엄마 말을 따라서 손해 본 건 조금도 없었다. 엄마의 생각과 선택은 늘 옳았고, 그래서 나는 엄마를 믿고 의지했다. 나중에는 엄마 없이는 아무것도 못 하는 사람이 되고 말았지만. 옷이나 신발 하나를 선택할 때도 엄마가 골라 주는 게 마음이 편해서, 엄마가 정해 주기 전에 미리 엄마에게 다가가 부탁하기도 했다. 엄마는 그럴 때마다 살아 있는 걸 느낀다는 듯 행복한 표정으로 나를 바라봤다. 엄마는 자신이 못 이룬 꿈을 자식을 통해서라도 이뤄 보려는 보통의 속물적인 엄마였다. 누구나 선망하는 직업을 가진 딸과 좋은 집안에서 잘 자란 사위, 그리고 자신과 다르게 풍요롭게 사는 혈육을 흡족하게 지켜보며 사는 보람. 내가 엄마의 생각과 다른 방향으로 가려고 하면 '너 내 딸 맞니?'부터 '욕심 없고 배포 작은 건 딱 네 아빠야.'라며 우리 부녀를 한심하고 답답하다는 말로 공격했다. '네 아빠가 살면서 한 거라곤 집 한 채 장만한 것뿐이다. 너도 그렇게 살거니?' '내가 나 잘 살자고 이러는 거야? 다 너 잘 되라는 거잖아.' 내가 조금이라도 지친 기색을 보이면 엄마가 하던 말들이었다.

그런 엄마였는데, 도시를 떠나기 한 시간 전 내 방으로 들어와서 붉어진 눈시울로 이렇게 말했다.

"그 동안 엄마 딸로 사느라 고생했다."

엄마가 내 손을 잡았다.

"미안하다."

그러고는 나를 안아 주며 또 한참을 울었다.

"네가 내 딸이라서 엄마는 행복했어."

엄마는 그날, 자신과 어긋난 나의 선택을 처음으로 이해해 주고 떠났다.

13

한참 동안 생각에 빠져 있던 그가 결심이 선 듯 허공에 시선을 둔 채 메마른 목소리로 말했다.

"시간이 된 것 같아요."

"괜찮겠어요?"

"어차피."

그 말끝에 어쩔 수 없는 진한 한숨이 따라 붙었다.

"녀석만은 고통이나 공포를 몰랐으면 좋겠어요."

나는 동감한다는 듯 고개를 끄덕여 주고, 그의 부탁으로 일주일 전에 구해 놓은 것을 드디어 배낭에서 꺼내 바닥에 가지런히 놓았다. 그렇게 많지 않은 도구의 간단함에 그는 좀 놀란 것 같았다. 나는 그중 한 개를 집어 들었다.

"시작할게요."

내가 자리에서 움직이며 한 그 말에 침착하던 그가 다급해졌다.

"잠깐, 잠깐만요."

그를 위해 나는 잠시 뒤로 물러나 주었다. 그가 무릎걸음으로 반에게 다가가 이마에 입을 맞춘 뒤 머리를 연달아 쓰다듬어 주었다. 그러고는 오랫동안 서로의 눈을 바라보며 둘만의 대화를 나눴다. 그가 하고자 하는 얘기를 모두 이해한다는 듯 반이 눈을 부드럽게 깜빡여 주었다. 그러자 그의 마음이 조금 가벼워진 듯했다. 긴 얘기가 끝나고 그가 반이의 앞다리 하나를 만지작거리며 말했다.

"부탁해요."

나는 그와 반이 있는 곳으로 다가갔다. 나 또한 그가 했던 것처럼 반의 머리를 오랫동안 쓰다듬어 주고 눈을 쳐다본 뒤, 그러니까 반에게 동의를 구한 뒤 그가 잡고 있던 반의 앞다리 혈관에 바늘을 찔렀다. 길고 뾰족한 바늘이 들어가는 동안 반은 아무런 소리를 내지 않았다. 두려워하지도 않았고 거부하지도 않았다. 동공조차 흔들림이 없었다. 우리를 위해 그러는 것 같았다. 그에게 야단맞았을 때도 꼭 이런 표정이었겠구나 싶었다.

나는 어금니를 악물고 피스톤을 눌렀다.

12

마취제가 들어간 반이는 아주 천천히 잠이 들었다.

11

"잠들었어요."

그는 고통이 조금도 없어 보이는 잠든 반의 얼굴을 가만히 들여다봤다. 그가 말을 꺼낸 건 한참만의 일이었다.

"섣불리 저 회색 행렬을, 따라가지 말고, 여기서 기다려. 그

때처럼 어디 딴 데로, 가지 말고, 기다리고 있어, 알았지?"

침착하려고 애를 썼음에도 그의 목소리는 어쩔 수 없이 조금 떨리고 있었다. 고통스러워 보이기도 했다. 그래서 내가 말했다.

"아직 안 늦었어요. 여기서 멈추고 싶으면 멈춰도 돼요."

그가 갈등하는 것 같아 어느 쪽으로든 붙잡아 주고 싶었다.

"아까 고기 맛있게 먹는 거 봤죠?"

"다녀온 보람이 있었어요."

"식욕이 있다는 건 아직 버틸 수 있는 힘이 있다는 거예요. 괴로우면 그냥 이렇게 있어요."

"……"

"꼭 지금이 아니어도."

"……"

"그게 안 올 수도 있는 거잖아요."

"안 올 수도……"

"그래요. 안 올 수도 있어요."

"안 오면 어떻게 되는 거죠?"

그는 알면서도 물었다. 나는 알고 있는 그에게 대답했다.

"이대로 잠자다 깨어나면 아무렇지 않게 내일 다시 볼 수 있는 거예요."

"만약 그게 오면요?"

나는 알고 있을 그에게 아무런 대답도 하지 않았다. 곧 그가 입술에 힘을 주고 고개를 가로 저으며 말했다. 꼭 그게 아니더라도 반은 이미 지칠 대로 지쳤고, 충분히 고통스러울 만큼 고통을 받아 왔다고. 그러면서 내게 말했다.

"부탁 하나만 더 들어줄래요?"

역시나 떨리는 목소리였다.

"말해요. 뭐든."

그는 반이의 흔들리는, 몇 개 남지 않은 썩은 이빨들을 모조리 뽑아 달라고 부탁했다. 나중에라도 그 이빨 때문에 힘들어하는 일이 생길까 봐 염려되어 그러는 것 같았다. 나는 알았다고 대답했고, 그가 서랍에서 녹슨 펜치를 가져다 주었다.

그가 반이의 입을 벌려 주는 사이, 나는 어금니 두 개와 앞니 다섯 개를 차례차례 뽑았다. 뽑는 데 큰 힘이 필요하지는 않았다. 피도 많이 나지 않았다. 그만큼 반이의 이빨은 뿌리가 약할 대로 약해져 있었다. 그는 손바닥에 놓인 일곱 개의 이빨을 가만히 쥐어 점퍼 주머니에 넣었다. 그러면서 그는 생각을 굳힌 듯했다. 우리 자신과 세계의 상태보다 반의 상태와 반의 생각 쪽으로. 자신이 괴로워하는 쪽으로. 그가 내 얼굴을 보고 단호하게 고개를 끄덕였다.

나는 주사기에 담긴 고농도 염화칼륨을 반이의 정맥에 조금씩 흘려보냈다.

10

반이는 천천히 잠자듯 떠났다.

9

그가 지어 준 이름대로 그의 인생 반의 반을 살다, 그가 바라는 대로 마지막 순간을 잠자듯 고요하게, 고통과 공포 없이. 나중에는 반이의 그림자마저 묽어진다 싶더니 이내 사라져 버렸다. 지금쯤 반이 신고 있던 두 켤레의 양말과 들판에서 함께 뛰어 놀았던 한 마리의 양, 그리고 말간 영혼은 하늘로 올라가 얼룩덜룩한 구름이 되어 있을 것이다. 반이의 심장은 굳었고, 동공은 풀렸으며, 열린 항문으로는 배설물이 나왔다. 죽음의 과정이었다.

"끝났어요."

반이의 죽음을 확인하고 이제는 나조차도 떨리게 된 목소리로 건넨 말에 그가 무릎을 펴고 축 처져 있는 반이의 몸을 가만히 품에 안았다.

"정말 숨을, 안 쉬네. 꼭 자고 있는 것 같은데."

반이의 죽음을 스스로 확인한 그는 차분하고 담담한 목소리로 말했다. 마음을 모질게 먹으려 애쓰고 있다는 게 느껴졌다. 얼굴은 무표정이었고, 눈동자는 말라 있었다. 아까까지만 해도 흔들리고 있던 목소리도 침착하게 가라앉아 있었다.

"다시 꼭, 만나자."

반이 알아들을 수 있도록 그는 한 음절 한 음절 천천히 끊어서 말했다. 반이 충분히 알아들었을 거란 생각이 들었다. 정말 알아듣기라도 한 것일까. 그가 말을 마쳤을 때 신기하게도 숨이 멈춘 반의 양쪽 귀가 조금 위로 들썩였다.

8

반은 어느 때보다도 평화로운 표정으로 누워 있었다. 그의 말대로 숨만 안 쉴 뿐 잠자는 것으로 보였다. 우리를 위해 일부러 그런 얼굴을 하고 있는 것 같기도 했고, 입꼬리를 올리고 웃고 있는 것 같기도 했다. 그것은 미워하거나 원망하지 않는다는 뜻이었다. 그 표정이 그와 나를 안심시켰다. 그는 이불을 덮어 주기 전 반의 목에 이름과 주소, 성별, 전화번호가 적힌 새 목줄을 걸어 주었다. 주머니 속에 며칠을 담아 두고 만지작거렸을, 그가 손수 만든 목걸이였다. 시간이 지나도 녹이 슨다거나 글자가 지워지지 않아서 두 번 다시는 집을 잃어버리지 않게 해 줄 목걸이였다. 물론 묻지 않아도 알 수 있었다. 그건 나중에 반이란 걸 쉽고 확실하게 알아보기 위한 그만의 표식이란 걸. 말하자면 내가 엉뚱한 실로 꿰맨 셔츠 단추와 같은 것이었다. 목걸이를 채워 준 그가 반의 몸을 이불로 마저 덮어 주었다. 나와 그를 이어 주었던 반은 그렇게 고요하게 잠 들었다. 내가 의사인 게 처음으로 좋았고, 처음으로 싫었다.

7

그게 온다고 한다.

그와 나는 숨 쉬지 않는 반의 시간으로 남은 숨을 쉬었다. 슬픈 호흡이었다.

6

우리의 슬픈 호흡은 시디플레이어에서 나오는 음악이 달래 주었다. 하지만 건전지가 다 됐는지 오래지 않아 그것은 멈추고 말았다. 허전한 걸까. 불안한 걸까. 음악이 끊기자 팔을 베고 침대에 누운 그가 가물거리는 눈으로 천장을 바라보며 노래를 불렀다. 엄마들이 아기를 재울 때 부르는 '섬집 아기'라는 동요였다. 쓸쓸한 노랫말과 멜로디가 컨테이너 박스를 잔잔하게 울렸다. 저것은 누구를 위해 부르는 노래일까. 반일까. 우리일까. 인류일까.

"……자장 노래에 팔 베고 스르르르 잠이 듭니다."

노래가 끝나 가는 게 아쉬웠는데 그가 반복해서 계속 불렀다. 처음 듣는 그의 노래였다. 다섯 번째부터는 옆에서 나도 따라 불렀다. 그 앞에서 처음으로 불러 보는 노래였다. 아무리 듣고 또 들어도, 아무리 부르고 또 불러도 질리지 않은 멜로디와 가사였다. 영원히 반복돼도 좋을 노래였다. 나중에는 노랫말대로 정말 '스르르르' 깜빡 잠이 들었다. 어디선가 낮에 들었던 소년의 피리 소리가 섞여들더니 그의 노래가 아련하고 아득하게 점점 멀어져 가고 있었다. 피리 소리는 더없이 크게 들려왔지만 이번에는 따라가고 싶지 않았다. 혼자서는.

유혹을 이겨 내고 눈을 떴을 때는 그의 노래도 나의 노래도 끝나 있었다.

5

이상하게도 컨테이너 박스 안의 온기가 점점 약해지고 있었다. 장작이 충분하게 타고 있는데도 추웠다. 안의 온기가 밖의 냉기를 따라잡지 못해서였다. 지구의 체온이 급격하게 낮아지고 있다는 뜻이었다. 그리고 그게 성큼성큼 다가오는 소리도 들려오고 있었다. 미쳐 있는 바람과 빨간 눈은 또와 분식의 차양을 종이처럼 구겨서 멀리 날려 버렸고, 철 구조물은 국숫가락처럼 부러뜨려 놓았다. 그뿐만이 아니었다. 회색인들이 더는 앞으로 나아가지 못하도록 길을 봉쇄해 버렸고, 의견을 물어본다거나 생각할 겨를조차 주지 않고 빌딩 옥상 위에서 주저하고 있는 사람들을 떠밀어 버렸다. 사람들의 비명소리는 바람에 묻혀 들리지 않은지 오래였다. 광풍은 많은 것들을 부수고, 쪼개고, 무너뜨렸다. 바람이 여기서 더 악랄해진다면 우리가 지내고 있는 컨테이너 박스마저 날려 버릴 것 같았다. 그렇게 빨간 회오리바람을 타고 날아가서, 오즈의 마법사에 나오는 도로시와 토토처럼 마법의 나라에 도착하길 바란다는 건 동화만큼이나 생뚱맞고 우스운 이야기일까. 눈을 떠 보니 자기 침대였다는 도로시, 그리고 허수아비와 겁 많은 사자와 깡통 아저씨를 만나면서 겪었던 신비한 모험들이 꿈일수도 있다는 결말을 남긴 채 끝나는 그런 이야기. 뒤꿈치를 딱딱딱, 세 번 부딪치면 집으로 돌아갈 수 있게 해 준다는 도로시의 구두처럼 어쩌면 그가 만들어 준 부츠에 그런 마법이 숨어 있을지도 모른다는 허무맹랑한 이야기.

4

허무맹랑한데도 나는 눈을 감고 그가 신겨 준 부츠 뒤꿈치를 딱딱딱, 세 번 부딪혀 봤다. 투명한 소리가 딱딱딱, 하고 들리자 가만히 눈을 떴다. 눈앞에 그가 가만히 있었다. 그도 나를 가만히 쳐다보고 있었다. 그와 나 사이에는 반이 있었다. 어느새 우리는 침대에 누워 한없이 가벼워지면서 빳빳하게 굳어 가는 반이를 가운데 두고 서로를 부둥켜안고 있었다. 오래된 나무처럼 가지와 줄기로 상대방을 꽉 옭아매듯이 단단하게. 그 어떤 힘에도 풀리거나 떨어지지 않도록 깍지를 끼어 서로를 끌어안았다. 내가 물었다.

"매, 매미가 어떻게 우, 우는지 아, 알아요?"

그가 매미 우는 소리를 냈다. 다행히 내가 알고 있는 그 울음과 똑같았다. 그러나 추운지 그의 턱은 덜덜덜 떨리고 있었다.

"추, 추워요?"

그가 고개를 끄덕였다. 나는 그와 반을 더욱 꽉 끌어안았다. 그는 나보다 더 센 힘으로 반과 나를 껴안았다.

"정말 그, 그게 오, 올까요?"

추위에 내 턱도 떨려서 목소리가 흔들리고 있었다. 내 말에 그는 죽은 사람처럼 말이 없었다.

"오, 오늘이, 진짜 끄, 끝일까요?"

그는 죽음을 앞둔 사람처럼 말을 하지 않았다.

"내, 내일이 오, 올 수도, 있지 아, 않을까요?"

그는 당장 죽을 것처럼 말을 아꼈다.

"무, 무서워요?"

차마 묻기가 겁났던 질문이 나도 모르게 튀어나와 버렸다. 너무 추워서 그런 것 같았다. 죽은 게 아닐까 생각했던 그가 한참 있다 입을 열었다.

"네, 에."

솔직한 대답이었다.

"해, 해인 씨는요?"

그가 물었다.

"저, 저도요."

나는 솔직하게 대답했다. 그가 잠들어 버릴까 봐 나는 또 물었다.

"다, 다음, 새, 생이란 게, 이, 있을까요?"

그는 대답이 없었다. 혹시 잠이 들었나. 그래도 나는 계속 말했다.

"마, 만약 이, 있다면."

"……"

"그, 그때도, 나, 나랑, 여, 연애, 하, 할래요?"

대신 대답해 줄 반이 없어서 이번에는 그가 말했다.

"네, 에."

하고.

나는 잠들지 않은 그의 품으로 더 파고들었다.

3

그게 오면 우리는 어떻게 될까. '고전'이 되는 걸까. 그게 오면 세계는 어떤 모습으로 변하게 될까. 신데렐라처럼 재투성이에 누더기가 될까. 그래도 신데렐라에게는 유리 구두 한 짝이 있지 않은가.

2

그때였다.

꽝음과 함께 바닥이 심하게 요동치더니 백열등이 차갑게 나가 버렸다. 암전이었다. 동시에 벽에 세워 둔 무지개 우산이 바닥으로 넘어지는 소리가 들려왔다. 왠지 이번에는 시간이 지나도 전기가 안 들어올 것 같은 예감이 들었다. 이렇게 우리는 같은 순간을 맞게 되는 것일까. 전기가 나가자 그의 그림자와 내 그림자도 나란히 어둠에 묻혀 버렸다. 그것은 어두워진 것일까, 투명해진 것일까. 어찌됐든 우리는 이제 그림자를 갖지 못하게 된 사람들이 되고 말았다. 시계를 들여다보는 것도 더는 의미가 없어져 버렸다. 어두워서 보려고 해도 볼 수 없게 되어 버렸다. 한편으로는 보이지 않는다는 게 오히려 편하고 좋구나, 라는 생각도 들었다. 시간을 잊고 아껴서 그에게만 집중할 수 있기 때문이었다. 감각으로만 그를 완전하게 느낄 수 있어서였다. 감각에 몰두하자 신비롭게도 엉뚱한 색으로 꿰매 줬던 단추들이 발광어처럼 어둠을 헤치고 하나 둘 보이기 시작했다. 그가 움직일 때마다 구멍 뚫린 두 개의 단추가 내 앞에서 동동 떠다니고 있었다. 어느 순간 나는 그것이 그의 눈동자라는 걸 알게 되었다. 그가 나를 애타게 찾고 있었고, 쳐다보고 있는 것이었다. 어둠 속에서도 아득하고 묘하게 퍼지는 그 눈빛으로. 나 또한 저 단추만 있다면 그가 어디에 있든 찾아낼 수 있을 것 같았다. 쫓아가거나 따라가기만 해도 잃어버리지 않을 것 같았다.

우리는 서로를 감각하기 위해 더 세게 끌어안았다. 몸이 깨질 것만 같았지만 대신 더 이상 춥지 않았다. 신기하게 이젠 두렵다는 생각마저 들지 않았다. 아빠한테 말한 것처럼 그와 함께라서 무섭지 않았다. 서로의 체온과 서로에게 익숙한 냄새가 있어서였다. 어두운 가운데 누군가를 굳세게 부둥켜안고 붙잡을 대상이 있다는 게 이 얼마나 다행일까. 그때, 그가 떨리는 목소리로 무슨 말인가를 건네는 것 같았다. 그러나 밖에서 나는 소리가 너무 커서 하나도 들리지 않았다. 하지만 어떤 말일지 느낌으로 짐작할 수 있어서 대답했다.

"저, 저도요."

그도 내 대답이 들리지 않은 것 같았지만 내가 어떤 말을 했는지 추측으로 알고 있을 거란 생각이 들어 다시 대답하지 않았다. 대신 나는 눈을 꽉 감았다 떴다. 그리고 온 힘을 짜내 서로를 더 깊이 껴안았다. 어떤 일이 닥쳐도 서로를 놓치는 일이 없게.

1

스르르르, 자꾸 눈이 감기려고 했다. 나는 점점 따뜻해지고 있는 그와 반의 품에서 문득 이런 생각을 했다. 그게 오고 나면 이곳에는 무엇이 존재할까. 그리고 그 무엇이 어떻게 시작될까. 적어도 한 가지는 알 것 같았다. 끝 모르고 내리는 저 지긋지긋하고 미친 눈이 녹든지 무너지든지 할 거라는 걸. 빈 공간을 마련하기 위해 산산조각 낸 그 사이로는 새로운 길이 생기리라는 것도. 아니, 어쩌면 새 길을 내기 위해서 모조리 부수는 것인지도 모르겠다. 그의 낮고 가느다란 숨이 내 입가로 퍼졌다. 나는 떨리고 있는 그의 입에 내 입술을 천천히 포갰다. 설렘에 마법처럼 스르르르 눈이 감겼고, 단추는 보이지 않았다.

0

그게 온다고 한다.

작가의 말

날짜 없는 달력을 대하듯

소설을 쓰는 일은 백지를 마주하는 것으로부터 시작된다.

아무것도 없는 하얀 모래 위에 까만 문장으로 지어 올리는 작은 세계.

벽돌을 차곡차곡 쌓듯 어떤 문장으로라도 백지를 채워 나가야만 하는 일.

건너뛰거나 생략할 수 없으며, 날짜 없는 달력처럼 언제 끝날지도 알 수 없는 것.

그럼에도 나는 매번 깜빡 잊고는 한다.

그 세계를 모래 위에 지었다는 사실을.

자그마한 바람에 하나의 세계가 부서지고 나면 파도는 잔
해들을 쓸어 가고
내 앞에는 백지가 막막하게 놓인다.
날짜 없는 달력처럼 언제 문장이 시작될지 알 수 없는.

그렇게 다시, 고통과 절망뿐인 백지 위에 홀로 서 있다.

2016년 겨울
장은진

오늘의
젊은 작가
14

날짜 없음
장은진 장편소설

1판 1쇄 펴냄 2016년 11월 25일
1판 9쇄 펴냄 2024년 1월 23일

지은이   장은진
발행인   박근섭·박상준
펴낸곳   (주)민음사

출판등록   1966. 5. 19. 제16-490호
주소   서울시 강남구 도산대로1길 62(신사동)
           강남출판문화센터 5층(06027)
대표전화   02-515-2000 | 팩시밀리 02-515-2007
홈페이지   www.minumsa.com

ⓒ 장은진, 2016. Printed in Seoul, Korea

ISBN   978-89-374-7314-2 (04810)
ISBN   978-89-374-7300-5 (세트)

* 2014년 아르코문학창작기금 수상작가 작품
* 잘못 만들어진 책은 구입처에서 교환해 드립니다.

당신이 소장해야 할 한국문학의 새로움, 오늘의 젊은 작가 시리즈

01 아무도 보지 못한 숲   조해진

02 달고 차가운   오현종

03 밤의 여행자들   윤고은

04 천국보다 낯선   이장욱

05 도시의 시간   박솔뫼

06 끝의 시작   서유미

07 한국이 싫어서   장강명

08 주말, 출근, 산책 : 어두움과 비   김엄지

09 보건교사 안은영   정세랑

10 자기 개발의 정석   임성순

11 거의 모든 거짓말   전석순

12 나는 농담이다   김중혁

13 82년생 김지영   조남주

14 날짜 없음   장은진

15 공기 도미노   최영건

16 해가 지는 곳으로   최진영

17 딸에 대하여   김혜진

18 보편적 정신   김솔

19 네 이웃의 식탁   구병모

20 미스 플라이트   박민정

21 항구의 사랑   김세희

22 두 방문객   김희진

23 호재   황현진

24 방콕   김기창